译文纪实

スマホ廃人

石川結貴

〔日〕石川结贵　著　　王雯婷　译　　李昊　校译

手机废人

上海译文出版社

目　录

前　言

2016 年，神奈川县横须贺市、千叶县柏市等自治体推出了手机版的"母子健康 App"，即电子版的母子手册（母子健康手册 ①）。

这个 App 可以记录从孕妇怀孕到胎儿出生以及婴幼儿成长过程中需要经历的预防、接种等一系列内容。母亲不仅可以通过这个 App 将胎儿的 B 超影像、出生时的录像制作成电子相册，还可以与家人共享。只要将孩子的身高、体重输入App，即可自动生成图表，直观地展现出孩子的成长过程。

此外，App 还提供了各类信息，如定期推送预防接种提醒、婴幼儿体检通知、简单的婴儿辅食菜谱、当地育儿组织的介绍等。

人们计划在 2017 年内将 AI（人工智能）运用于育儿咨询环节，此前也在神奈川县的川崎市、静冈县的挂川市进行了试点活动。手机在这里发挥了非常重要的作用。

---

① 日本地方自治体根据《母子保健法》向孕妇发放的手册，记录孕妇的基本信息、怀孕时间、医生诊断信息等内容。——译注（本书注释均为译注，以下同。）

母亲输入"婴儿总在夜里哭闹，怎么才能让他不哭呢"时，就会得到 AI 的"回复"：婴儿夜里哭闹是成长过程中的自然现象。

无论是"母子健康 App"还是 AI 的自动应答，都能给育儿过程中的父母提供方便。未来也将会有更多地区引入这项技术。母亲可以将怀孕、分娩时的记录留在手机里，不必特意跑去窗口咨询相关问题。政府在宣传时，特意强调了这是"为大众考虑"，在实际操作中，父母们也确实感受到了科技带来的便利。

然而，有时预期虽好，结果却出人意料。比如"LINE"的案例就令人深思。LINE 是一款免费的即时通讯软件，具有电话、视频通话、聊天（Talk）、贴图（发送表情）、上传照片、游戏、音乐等功能。2014 年全球一天之内的聊天记录可以高达 100 亿条，国内使用人数有 6800 万（2016 年 1 月官方数据），是一款高人气的通讯 App。

LINE 的最大特色在于它的聊天功能。使用者只要相互加为"好友"，就可以愉快地聊起来。好友间除了可以一对一私聊，也可以建立"群"；可以相互发送表情，也可传照片、发送地理位置。

此外，LINE 还有"已读"提示。比如，A 给 B 发了一条"早上好"，如果 B 看到了这条信息，那么 A 就能在这条信息旁边看到"已读"两个字。A 无需等待 B 的回复，即可知道对方已经看到了。

这个功能对于 LINE 来说意义非凡，而它的最初开发与 2011 年 3 月 11 日发生的东日本大地震有关。

我们无法忘记那场让我们蒙受巨大损失的地震，它打破了很多人的平静生活。从东北 ① 到关东 ②，大片区域受到地震和海啸的影响；因为核反应堆炉芯熔解，福岛县居民被要求强制避难；首都圈 ③ 也充斥着大量无法回家的人。这场地震给人们带来了前所未有的冲击。

那时，LINE 还没有投入使用。灾难过后，人们急于确认亲友是否安全。LINE 公司的前身 NHN Japan 公司在得知这一情况后，紧急在尚处开发阶段的 App 里追加了一个新功能——已读。

在 LINE 的官方博客上，写着这样一段话。

2011 年 3 月，东日本大地震发生时，LINE 还处于开发阶段。

我们的员工一致认为："我们需要一种新的功能，让大家能在关键时刻与重要的人取得联系。"3 个月后，LINE 诞生了。

即便电话无法接通，只要有网络，LINE 就可以正常工作。即便情况危急无法立刻回复，你也能通过"已读"提示了解到对方已经看到了这条信息。

我们希望 LINE 可以成为紧急关头联系亲友的"Hot Line"（热线）。

---

① 日本本州岛北部，包括青森、岩手、秋田、山形、宫城、福岛六县。
② 指本州岛中以东京、横滨为中心的关东地方，包括东京都、神奈川县、千叶县、埼玉县、茨城县、栃木县、群马县。
③ 包括东京都、神奈川县、千叶县、埼玉县、群马县、栃木县、茨城县和山梨县，共一都七县，占日本国土总面积的 9.8%。

我们怀着这样的理念，开发了这款软件。

正如博客里所写，在东日本大地震发生的 3 个月后，也就是 2011 年 6 月 23 日，附带"已读"功能的 LINE 与大家见面了。我们不难想象，这项功能可以为人们的生活提供方便，不少人也因此获救。或者说，LINE 这个名字本身就包含了这层含义——Hot Line，将亲朋好友联系在一起。

人们享受到了包括"已读"功能在内的高科技的好处的同时，也深受其扰。

"阅后不回""已读无视"等词语相继出现在我们的视野里。还出现了霸凌、孤立、诽谤中伤、集体性忽视等现象。不少人为此深感困扰，特别是孩子们的人际交往也受到了影响。

这里的"阅后不回""已读无视"指的是看到对方发来的信息却不回复。如果半天没等到回复，发信人可能就会觉得，"明明看到了我的信息却没回，不就等于无视我的存在了吗？""我是不是被对方讨厌了？""要是以后也不回我怎么办呀？""不行，看到了怎么能不回，必须回！"……因此感到不安或者愤怒。

事实上，真的有人因为聊天过程中的小摩擦，最终走上自杀或者杀人的绝路。即便没有发展到这样极端的案例的地步，以初高中生为主的年轻群体也对聊天和"已读"回应十分敏感。

收到了信息要立刻回复，这是约定俗成的规矩，有时甚至上升成一种"义务"。偶尔忽视其他人的消息，就可能被孤立，之后自己发的内容也会被彻底无视。原本轻松愉快的聊天变得紧张感十足，要时常留意手机，不能跑神。因为害怕错过别人的信息，所以要时刻将手机拿在手里。

LINE 的初衷是为了能让人们在灾难时第一时间获取亲友的消息，但随着用户的大量增加、产品自身的飞速发展，人们需要面临的问题也脱离了预想的轨迹。

当然，这些问题并不只存在于 LINE。我们发明了智能手机，不断开发新的功能，开发出一个又一个的 App。手机给我们传统的生活形态、人际关系带来了巨大的影响，而且这还仅仅是个开端。

2008 年 7 月，美国苹果公司开发的 iPhone 首次在日本发售，机型是第二代 iPhone，即 iPhone 3G，经销商是软银移动公司。2009 年，NTT DOCOMO、AU 两家公司将装有安卓系统的智能手机引入市场。那时，智能手机的普及率还非常低。

此前，彩显非智能手机一直占据着日本国内主流市场，该机种附带钱包功能、图画文字，可以接收单波段的电视节目，也可以更换来电铃声。因此在手机更新换代方面，日本迟迟未能与世界接轨。

日本最大的通信公司 NTT DOCOMO 于 2013 年 9 月开始销售 iPhone（iPhone 5s/iPhone 5c）。根据内阁府发布的《消费动向调查》，直到 2015 年，日本智能手机的普及率（67.4%）才超过了传统手机。可以说，智能手机渗透我们的生活不过寥寥数年。

面对智能科技令人目不暇接的发展与进步，大多数人根本没有做好准备。我们将会和智能手机一起走向何方？那里又是否会有意想不到的前景在等待着我们？

第一章 在育儿方面发生的异变

被"哺乳 App"束缚的母亲

东京都中央区。一位 37 岁的母亲慢慢掀起 T 恤,准备给刚出生 7 个月的长女喂奶。母女住在一栋高级公寓的十楼,公寓的位置非常好,是近年刚建成的,还可以看到海。婴儿才从午睡中醒来不久,母亲边喂奶边打开一个 App。

这是一个"哺乳 App",主界面是一个计时器,精确到秒,可以分别记录左胸、右胸的哺乳时间。

我们很难通过肉眼观察到婴儿的母乳摄入量,但可以通过"哺乳 App"上显示的时间和次数,判断"喂没喂够"或者"是不是喂多了"。除了母乳,App 还可以记录喂食奶粉、辅食的量和次数,甚至是大小便的频率、午睡时间等等。一个手机就可以记录孩子的点点滴滴,十分方便。

关于"哺乳 App",这位母亲如此说道:

"这是我的第一个孩子,有很多东西我不懂,心里很慌。这个 App 可以记录孩子吃了多少次奶、多少辅食,非常方便。

尤其是母乳这方面，因为我真的不知道喂得够不够，有数据的话就比较清楚了。"

不过与此同时，她也觉得困惑。和孩子吃奶时的表情相比，她更在意手机上的哺乳时间，对每次计量的数字增减也十分敏感。

如果忘了给孩子喂奶或者换尿布，App 就会给出这样的推送：

"哺乳对婴儿的成长至关重要。快来记录吧。"

"上一次换尿布是什么时候？健康管理非常重要哦。快来记录吧。"

"体重增加也不可以忽视哦。快来记录吧。"

"总之就是不停让我记录，搞得人蛮有压力的。因为要看孩子，生活里的一些事情原本就照顾不到，也不可能每次都按照 App 提示的那样做。我其实不想总是被外界影响，但看到论坛上其他母亲带孩子这么投入，也很震惊。"

这里的"论坛"指的是 App 的附带功能，有一个平台，供大家交换信息。使用"哺乳 App"的基本都是带孩子的母亲，她们的共同点很多，平时可以在这里交流育儿经验，也可以交朋友。

一个母亲在论坛上写下自己的烦恼："我家孩子的体重低于平均值，每天也按时喂奶，怎么回事呀？"看到问题的其他母亲就可以给出自己的建议。

论坛上有长篇功课，也有各家分享的育儿经，这种信息交换非常频繁。正如刚才那位母亲说到的大家都很"投入"，这也从侧面反映出，各位母亲确实是手机不离身。

100 万"婴儿市场"的诞生

长期以来，我一直在做家庭、教育方面的报道。我有两个儿子，采访时也从未忘记自己是一个母亲。

大约从 10 年前开始，我将关注点放在了互联网方面，尤其是由互联网引发的家庭、学校的一系列问题。沉迷网络游戏而导致家庭破裂的主妇、被网络霸凌所扰的孩子、深陷 SNS①不可自拔的年轻人……近些年来看到的这些问题，让我又产生了一种新的担忧：手机会不会彻底改变我们养育下一代的方式，甚至我们整体的社会生活？

截至 2016 年年底，本国的智能手机购买数有望达到 9500万。AppStore 的销售额预计从 2011 年的 440 亿日元增长到2016 年的 5170 亿日元，短短 5 年间增加了 12 倍。手机内容产业的销售额也从 2011 年的 836 亿日元急剧增长到 2016 年的7707 亿日元。

在这样的背景下，特别值得我们注意的是育儿、智育类的市场。在少子化②问题严重的本国，每年也约有 100 万人出生。换言之，就是诞生了 100 万的"婴儿市场"。

生儿育女是人生大事，父母们也一个个心劲十足。他们不仅要查阅各种各样的资料，还要购买孕期产品、婴幼儿用品等。这期间的经济投入非常大，毕竟很多时候是集合了父母及双方老人 6 个人的财力。正是因为少子化现象严重，孩子的成

---

① Social Networking Services，即"社交网站"。
② 指生育率下降，造成幼年人口逐渐减少的现象。

长与教育才变得愈发重要。

一些 App 正是盯住了这一市场，从怀孕到孩子出生，从早期的哺育到后期的培养、教育、家庭活动等。比如在怀孕阶段，"备孕 App"可以帮助计算怀孕的时间，"孕期 App"可以记录怀孕周期。

在"孕期 App"里输入预产期，胎儿的成长就会以图表的形式呈现出来。用户也会收到 App 的推送，比如"快可以感受到胎动了哦"。而且将夫妻双方的手机进行同步，还可以共享信息、看到彼此的日记和留言，App 也会向丈夫推送一些孕期注意事项，可谓内容丰富。

如今，人们可以通过这种方式掌握孕期的各类信息。在孩子出生之后，又有新的 App 让人目不暇接。之前提到的"哺乳 App"就是其中的一种。其他还有主推不同功能的软件。比如，有的 App 可以给孩子拍照，并轻松制作成日记或者相册；有的 App 可以记录孩子的健康状况、过往病历；有的 App 可以提供私密的社交平台，供家庭内部成员使用；有的 App 可以在带孩子外出时提示哪里适合休息，怎么走比较安全；还有的 App 集合了特价的婴幼儿商品，供家长们选择……

非常受欢迎的小鬼训话 App

在上述 App 中，Media-active 公司开发的"小鬼来电"非常受欢迎。每当孩子不听话时，你只需要打开 App，"小鬼"就会打来电话，替你管教孩子。

铃声响起，按下接听键，事先设定好的小鬼、魔女或者妖怪就会跳出来。小鬼往往长着凶残可怖的脸，声音粗哑，语气严厉。很久之前，人们在教训小孩子时常说"你要是不听话，小鬼就跑出来了哦"。而现在，人们通过手机将"传说"变成了"现实"。

这个App反响极佳，网友口口相传，系列产品的累计下载量超过1000万次。一些母亲在育儿交流网站上表示"我家孩子立马不哭了，效果太棒！""孩子闹人的时候最好用的App"，甚至还上传了使用时的照片。

有这样一段视频。一位母亲正在和3岁左右的孩子一起吃饭。小孩子坐在专用的儿童椅里，手里握着小叉子。餐桌上放着大概是母亲做的意大利面，面里有洋葱、胡萝卜和青椒等蔬菜。小孩子似乎不喜欢蔬菜，咿咿呀呀地说着："讨厌胡萝卜，不要青椒。"

就在这时，母亲打开了App，面容可憎的鬼一下子占据整个屏幕，厉声道："喂！是谁不听话了！快吃！"面对冲击力十足的画面，小孩子顿时睁大了眼睛，下一秒"哇"地大哭起来。但即便如此，他还是一面瑟瑟发抖，一面大口吃起了蔬菜，很快就将意大利面吃完了。

孩子茫然地坐在空盘对面，母亲颇为满意地说："哎呀，全都吃完了。真棒！"

这个App究竟能起到多大的作用，每个家庭的情况不同，很难一言蔽之。有使用者在评论中谨慎地表示，"鬼太可怕了，可能会给小孩子造成心理阴影，大家用的时候要注意"，也有批判的声音："做到这一步真的不是虐待吗？"

但事实上，以"小鬼来电"为代表的App正日益活跃在人们的视野里。这些 App 并非一味训斥，有的更侧重鼓励。比如小孩子自己穿好了衣服，手机画面上就会出现可爱的卡通形象，拍着手说："自己换好衣服了呀，真厉害！"

见面打招呼、刷牙、换衣服、懂礼貌、收拾玩具和图画书、不挑食、体态优雅、和小朋友相处愉快……孩子的成长伴随着方方面面的教育，对母亲们来说，无疑是极大的考验。

或许正是因为这种需求十分迫切，"小鬼来电"类的 App 才会有市场。不只是母亲，父亲、祖父母们大概也会成为潜在用户。

除此之外，还有很多 App 可以根据实际情况，提供有针对性的"帮助"。比如前文提到的政府主推的电子版母子手册、"母子健康 App"、试运行的人工智能自动回复系统等。

App 不仅可以记录孩子成长，为父母提供咨询服务，还有很多其他功能。比如催眠类 App 可以在婴幼儿睡觉时播放有助睡眠的音乐或者影像。如今，母亲无需在孩子耳边轻轻吟唱摇篮曲，只需打开手机，就能听到舒缓的音乐。"厕所教学"可以教会孩子们如何上厕所，不再使用尿不湿。App 里的卡通形象会又唱又跳，引导孩子去厕所。

手机一步步成了"替身"，父母的压力、负担也随之减少。"帮助父母""让父母的生活变得轻松"……人们在宣传这类产品时不断强调这些优点，该类 App 的市场也愈发景气。

手机对孩子的天然吸引力

智能手机不仅可以用于查资料、帮助父母教育孩子，也是孩子们的玩具，能让他们迅速安静下来。App 种类繁多，对小孩子吸引力很大，比如有面向婴幼儿的动画、轮廓画、益智画板、有声绘本、漫画、过家家游戏、模拟经营类游戏等等。也有一些 App 利用可爱的卡通形象、猜谜、奖励、换装或者冒险等形式吸引孩子们的注意力。

不少人认为，手机对孩子有着天然的吸引力。如果用手指触摸刚出生不久的婴儿的手心，婴儿会立刻握紧。这种本能的反应被称作"抓握反射"。

这种原始反应会随着婴儿的成长逐渐消失，慢慢地，婴儿会出于好奇而主动去握、抓、戳、摸。他们用手指触摸按钮、螺丝、食物，这些都是成长过程中的自然现象。而这与操作手机时的行为不谋而合。

在我的采访过程中，有不少家长表示"明明没教过他，可他很快就学会了""自己一个人慢慢玩了起来"。手机很容易变成孩子们的新玩具。

MMD 研究所此前针对 20 岁至 40 岁的新生儿母亲（558人）做了一项调查，名为《2015 年婴幼儿的智能手机使用情况调查》（2015 年 1 月）。调查结果显示，0 岁至 5 岁的幼儿的手机接触率达到了 58.8%。

其中，"一个人的时候不让他玩，和我们在一起时允许他玩"的回答占 37.5%，"一个人的时候也让他玩"的回答占 21.3%。26.5% 的家长表示"几乎每天都接触"，35.1% 的家长表示"一周接触两三次"，约 60% 的家庭认为使用手机已然是常态。

22% 的两岁幼儿每天都接触手机

在这里，我们重点看一下"你认为智能手机对抚养孩子有怎样的影响"这一多选题的答案。有 56.8% 的家长认为"可以收集育儿过程中的相关信息",占比最高。33.9% 的家长认为"可以让孩子安静下来",25.6% 的家长认为"可以亲子一起玩"。

此外,有调查显示,如果母亲使用智能手机,孩子的使用率也会提高。Benesse 教育综合研究所在 2014 年 3 月,以 0 岁至 6 岁孩子的母亲(3234 人)为对象做了一项调查,汇总为第 1 次《婴幼儿亲子媒体使用情况调查报告》。其中,有 22.1% 的 2 岁幼儿"一周几乎每天都会接触手机"。

根据表 1 可以看出,在孩子不满 1 岁时,大多数母亲选择在"孩子吵闹时"让他们玩手机;而 1 岁之后,选择"孩子想玩手机时"的人则更多。是孩子们主动选择了手机。

表 1　使用媒体时（根据孩子年龄进行区分）

（%）

	0 岁后半	1 岁	2 岁	3 岁	4 岁	5 岁	6 岁
平板电脑	（164）	（143）	（130）	（145）	（130）	（123）	（111）
孩子吵闹时	7.3	14.0	18.5	16.6	19.2	14.6	18.0
孩子想玩手机时	4.9	18.2	35.4	39.3	40.0	38.2	30.6
手机	（398）	（333）	（258）	（259）	（257）	（241）	（209）
孩子吵闹时	10.3	23.4	26.0	22.8	21.4	22.4	15.8
孩子想玩手机时	5.3	30.0	42.6	43.6	38.9	40.2	39.2

注 1）阴影底纹格表示的是"孩子吵闹时"和"孩子想玩手机时"的数值相差 5 以上的情况
注 2）"平板电脑"指的是家里有人用平板电脑的情况,"手机"指的是母亲用手机的情况。
注 3）括号内表示样本数量。
引自：第 1 次《婴幼儿亲子媒体使用情况调查报告》（Benesse 教育综合研究所）

根据上述调查结果,我们不难想象,手机大概已经占据了他们每天很大一部分时间。母亲为了孩子们安静下来,将手机交给他们，而自己在和其他人交流、查资料的过程中，也不知不觉成了"低头族"。那么在实际生活中，这些母亲又有着怎样的感受呢？

为了不给别人添麻烦

一位住在埼玉县所泽市的母亲（32岁）表示："根本没法想象要是没有手机，该怎么带孩子。"她有两个女儿，一个2岁，一个3岁。两个孩子只相差一年，大女儿更是到了叛逆期。她每天带孩子忙得团团转，外出、做家务或者用电脑时，基本都会让她们玩手机。

"开车出门时，必须把她们放在儿童座椅上。两个人基本不可能同时安静下来，只能依靠手机了。让她们看一看动画片，或者玩一玩电子宠物游戏，她们就会将注意力放在手机上，非常省心。"

母亲还表示，到了目的地之后，手机也是必备的，尤其是在医院或者政府机关等公共场所，避免她们吵闹影响他人。去超市购物，孩子们会撒娇要零食，这时只需打开她心仪的游戏，她们就会立刻安静下来。

做家务时她也会把手机给她们，趁她们乖乖坐在那里的时候做饭、刷碗、去阳台晾衣服。一来可以把家里收拾干净，二来孩子们不会接触到厨具，避免烧伤。这办法一石二鸟，母亲也放心多了。

"确实，很多人大概不赞同这种做法，觉得看孩子怎么能依赖手机呢？但我认为，这是因为他们不了解实际情况。以前孩子吵闹的话，大家也会让他们看电视、给他们零食对吧？现在只是换成了手机而已。事实上，手机确实帮了我很大的忙，孩子们高兴，我的压力也减小了。从结果上来说，这不是向好的方向发展吗？"

在我接触过的母亲中，持有这样意见的并不少。她们让孩子们接触手机，是考虑到"不给他人添麻烦""我能做家务""孩子也很开心"。

某种意义上的"免费玩具箱"

住在神奈川县川崎市的一位母亲（30岁）向我讲述了他们回丈夫老家时的故事。因为是嫁过去的媳妇，在婆婆家住时难免要处处留心。也许是因为不习惯环境，孩子比平时还兴奋，晚上闹人不睡觉。母亲为了让孩子乖一些就把手机给他玩，结果被公公婆婆狠狠教育了一顿。

"他们特别生气，说什么'身为母亲，你这和把孩子扔在一边不管有什么区别？玩手机、玩手机，也不知道你在想什么，这根本不是一个母亲应该做的'。上了年纪的人大概特别看不惯手机吧，那我倒是想问问，他们以前就真的一直盯着自己的孩子吗？"

这位母亲还强调，让孩子们接触手机并不意味着"将他们扔在一边不管"。父母可以和孩子一起玩游戏，智力测试或者猜谜游戏也有助于孩子智力的发展。孩子会经常问"那是什么？这个是怎么回事？"，我们用手机搜一搜，也能给他正确答案。

"在宝妈圈子里，大家也讨论过是否要让孩子接触手机的问题，反正我周围的人都持肯定意见。什么时候想用什么时候用，孩子们的反应也不错，最关键的是省力又不费钱。蜡笔、笔记本、玩具、画册，只要有了手机，就不用特意去买这些产品了。这个玩腻了换下一个，手机就像一个免费的玩具箱。"

这位母亲提到的"优势"，也得到了很多人的认可。育儿、教育类的 App 很多都是免费的，甚至不需要内购（花钱购买使用中的项目），只需缴纳购买手机的费用以及话费，就能享受丰富的资源，这对有孩子的家庭来说是非常棒的选择。

然而，手机带给人们的并非全都是益处。当过度使用手机，沉迷其中无法自拔之类的问题出现时，我们又该如何育儿呢？

日本儿科医学会的呼吁："请等一等！"

由日本全国的儿科医生组成的团体——日本儿科医学会于 2013 年制作了一款主题为"请不要将带孩子的任务交给手机"的海报。海报上画着为了哄孩子开心而把手机递过去的父母，还有一手推着婴儿车一手操作手机的父母等，上面写了几段话：

- 用"育儿 App"哄孩子，反而可能对孩子的成长不利。
- 不论是孩子还是父母，都应该控制接触媒体设备的时间，这会减少亲子间的对话及交流。
- 父母沉迷手机，会忽视孩子的兴趣爱好，也会降低安全意识。

这张海报张贴出来后，在报纸、网络上引起了热烈的讨论。该团体的常任理事内海裕美在阐述海报的制作初衷时这样评论："婴幼儿阶段是孩子大脑和身体发展的重要时期。不少父母见到孩子哭闹就把手机给他们玩，不再仔细观察他们的反应，这就导致了心灵沟通的减少。"（2013 年 11 月 16 日《读卖新闻晚报》）

这种直白的话大概只有儿科医生才能讲得出来。针对这一观点，网络上出现了截然不同的两种看法。不少正在带孩子的父母表示"这是站着说话不腰疼""没有证据请不要妄下论断"。这里的证据指的是科学依据，比如医学上依据长期研究的成果与数据得出的结论。

智能手机本身就是一个新兴产物，人们将其用在育儿上也是近几年的事。我们现在很难判定，手机究竟对照顾小孩以及亲子交流有着怎样的影响。这些父母的观点也有一定道理，也许在不远的将来，我们可以用更科学的手段证明手机育儿的优势。

日本婴儿的睡眠时间是全世界最短的

但事实上，很多活跃在第一线的儿科医生们都对此表示担忧。东京湾浦安市川医疗中心的儿科医生神山润认为："人们频繁使用手机，生活方式也随之改变。如果熬夜或者睡眠不足，就很有可能影响孩子的成长。"

神山医生常年致力于睡眠相关的研究，有着丰富的临床经验，可谓业界首屈一指的人物。他一直接触各类有睡眠障碍的孩子，并对手机育儿、手机与孩子的关系抱有不小的担忧。

"日本婴儿的睡眠时间本来就是全世界最短的。大约有四成的孩子超过十点才睡觉。以前也有人指出过睡眠不足的问题，而现在又有了手机。即便一些家庭没有让孩子深夜玩手机，父母睡前浏览 SNS、网站，同样也会影响到孩子。"

一旦父母沉迷游戏或者 SNS，小孩子可能就无法安然入睡，甚至哭闹。虽说没让他们直接接触手机，但他们受到父母的影响，也可能被动熬夜或者睡眠不足。

如果小孩子自己也玩手机，就可能受到光、声音等多方面的刺激。看动画片看得兴致勃勃，玩游戏玩到很晚，由此一来，自律神经就会被打乱，对生物钟造成影响。

"人不可能一整天都保持同一状态。白天交感神经比较活跃，会将血液更多地分配给脑和肌肉，利于人的思考和行动。但到了晚上，副交感神经相对活跃，会降低心率，将血液集中到肾脏及消化器官。自律神经正常工作的话，生物钟也能保持稳定；可一旦紊乱，就可能导致睡眠障碍等一系列问题。"

"生物钟"紊乱会导致身心都难以放松

在我们的日常生活中，存在着多种自然节律。走路、跑步、交谈、歌唱、手工作业等行动都是无意识中借助了节律的力量。类似的现象也存在于我们体内，从皮肤、肌肉、淋巴、心脏直至全身，这种节律以天、月等时间段为周期影响着我们。

人到了晚上会不自觉犯困，到了白天又睁开眼睛。这种生物节律受大脑的下丘脑视交叉上核管理，也就形成了我们常说的"生物钟"。

生物钟不仅可以控制人们"从睡眠到醒来"这一生物节律，还可以影响褪黑素等激素的分泌、调节人体核心温度（心脏和脑部的血液温度）。它就像一个司令塔，指挥生物节律，调整自律神经的机能。

但是幼儿的这项功能并未发育成熟。就像刚出生的婴儿会时睡时醒一样，他们的睡眠并不安稳。另一方面，小孩子的大脑会在睡眠中生成神经回路，检查、修复神经递质[①]。所以，规律的生活方式及充分的睡眠十分必要。

然而现在，成长环境的改变导致他们更容易受到刺激。我们不能说手机是唯一的罪魁祸首，但比起没有手机的时代，外界干扰确实会更强烈一些。

即便小孩子没有直接接触手机，父母也会将时间花在 SNS 和游戏上。必然有母亲将孩子放在一边睡觉，自己在 LINE 上和朋友聊得火热。

此外，在手机的影响下，我们的生活效率及速度都提升了不少。人们可以随时随地使用手机，这是手机的一大优势，但与此同时，它也在人们心里拉了一根弦。人们变得愈发紧张，压力增加，也就越来越难做到真正的全身心放松。

神山医生在谈到生活与家庭环境的变化，尤其是手机对孩子的脑部影响时说："如果孩子很晚还不能正常休息，不仅生物节律会被打乱，大脑也会变得兴奋。原本睡觉是为了让大脑

---

① 在突触传递中担当"信使"的特定化学物质。

休息，这样一来，负荷更加加重了。持续睡眠不足会导致身体状况变差，精神上也可能出现问题。比如，血清素这种神经递质会在运动或者早晨起来散步时提升，如果睡不好，人就不会那么有精神，大脑内部的血清素降低，人可能变得冲动、心情郁闷。"

另一方面，后叶催产素这种神经递质则与精神上的安定、治愈，压力缓解有关。母亲在给孩子哺乳时会产生这种物质，故而它又叫"幸福的荷尔蒙"。

"一些研究者认为，后叶催产素会在母亲抱孩子、背孩子、轻轻拍孩子背时增高。以前大人哄孩子睡觉、和孩子亲密接触大概也会促进这种荷尔蒙的生成。而如今，一些父母慢慢放弃了天然的互动，将孩子交给手机，按照 App 的提示哄他们睡觉。这样一来，孩子真的能安稳入睡吗？"

乔布斯并没有让孩子玩手机

1999 年，美国儿科学会曾表示："父母或其他抚养人的爱抚对婴幼儿大脑的发育，情绪、智力及社会性功能的完善十分重要。"2011 年，他们对"不到 2 岁"的孩子进行了调查，再次提醒人们要重视媒体对孩子的影响。

他们这次表示："没有证据显示让'不到 2 岁'的孩子接触媒体是有益的，这种接触可能反而不利于他们的健康、教育和成长。其他家庭成员的频繁使用也可能导致同样的结果。"

不少人都知道，美国苹果公司的创始人史蒂夫·乔布斯并不让自己的孩子玩 iPhone、iPad。他被称作 IT 业的"天才"，但作为父亲十分古板，并表示应该严格限制孩子使用这些电子设备。

正如前文所述，日本 0 岁到 5 岁的孩子的手机接触率达到 58.8%，相当于每 5 人中有 3 人会用。这种情况会产生怎样的具体影响呢？奈良县大和高田市立医院的儿科大夫清益功浩认为："我们不能否认，亲子间交流的变化可能会影响孩子的社交。""即便有些 App 设置了亲子互动环节，也可能存在问题。就拿游戏来说吧，这类游戏基本都有固定模式，孩子接触的是制作出来的声音、画面、角色，他们很难从中获取真实的感受。然而这种真实对他们身心的发展非常重要。孩子们通过接触不同事物，感知高兴、不开心、喜悦或者不安等情绪。如果他们从小缺少真情实感的交流，今后在与他人交往的过程中也可能出现障碍。"

比如，母亲给孩子喂奶时，孩子并不只学会了吞咽，他还尝到了母乳的味道，嗅到了母亲的气味，触摸到肌肤的柔软，听到母亲温柔的低语。

培养非语言形式交流非常重要

另一方面，母亲在喂奶时也会观察孩子的反应，感受到孩子的温度，笑着说"多喝一点"。也就是说，母子之间的交流不一定体现在语言上，也可以通过视觉、触觉等形式表现出来。

"如果这时，母亲被手机夺走了注意力又会怎样呢？她需要全神贯注地操作'哺乳 App'，根本无法仔细观察孩子的表情，也就无法形成非语言形式的交流。通过视觉、听觉等五感获取的信息会对大脑活动产生影响，也关系到社交能力的培养。事实上，人们在交往过程中，会无意识地从对方的表情、语气、动作里获取大量信息。人们从婴儿时期开始多方面感受世界，长大后才能培养出这种能力。"

清益医生表示，手机也可能对孩子们之间的关系及集体内部的交流产生影响。通常来说，手机只是一种工具，但如今一些软件也具有"互动"的功能。人对手机下达指令，手机就会作出回应。

比如 iPhone 的智能程序"Siri"，当你对它说"我想听音乐"时，它会回答你"想听什么样的音乐"之类的话。人在玩游戏时也可以根据自己的喜好，设置和自己相似的角色，随心所欲地操作他们。

在这种人与机械可以交流的时代里成长起来的孩子们，又该如何与他人交往呢？清益医生对此表示不安："朋友不是游戏角色，不会事事遵从你的喜好。然而今后，可能越来越多的孩子无法理解这样的事实。"

父母沉迷手机才是问题所在？

很多经常与孩子们接触的人在接受我的采访时，会对"父母自身沉迷手机"这一现象表示担忧。尤其是保育员 ① 或者

① 日本有保育园和幼儿园，前者是归厚生劳动省管理，后者归文部科学省管理。保育园是儿童福利设施，接收 3 岁以下的孩子；幼儿园是教育设施，接收 3 岁以上的孩子。

保健师①，他们每天都会接触各种各样的家庭，担忧的程度也更深。

关西地区的前保育园园长大川笑瑠感叹道："小孩子接触手机是一个问题，但我觉得更需要注意的是过度沉迷手机的母亲。……越来越多的母亲会在接送小孩时低头看手机。孩子满心期待回家，但等来的却是对他们不理不睬的母亲。运动会或者表演节目时，孩子们特别卖力，然而父母还是一门心思看手机。唉，想一想他们平时的生活会是什么样子，我心里就难受。"

群马县保育园的主任保育员在听到班里 5 岁的孩子们说的话时深感震惊。有的母亲玩游戏玩得不亦乐乎，连饭都不给孩子做；有的妈妈晚上会聊 SNS 到很晚，不带孩子洗澡，还让他自己睡在一边。类似的话还有很多。

"孩子长到 5 岁，是非观就已经基本形成了。自己的父母做的究竟是对的还是错的，他们都有自己的判断。可出于对父母的爱，他们还是拼命想要引起他们的注意力，有时甚至会故意捣蛋，就是想让他们远离手机，多关注自己。"

面对孩子的这种行为，有些家长不仅不作出回应，反而会发火。有小孩子早上来的时候眼睛都哭肿了，问他怎么回事，他大声哭着回答："早上我影响妈妈玩手机了，她就拿鞋子打我。"

"因为没有亲眼所见，所以我不能判断孩子说的是真是假，但看到一些母亲平时的样子，我觉得这也是有可能发生的事。

---

① 指接受了专门的教育，通过地区活动、健康教育或保健指导等形式，推进疾病预防等公共卫生活动的专家。

有时我会和这些母亲聊孩子的近况，她们也心不在焉的，或者在 LINE 上和别人聊天。她们连我们的话都不听，回家以后还会好好听孩子说话吗？"

"无意中忽略孩子的母亲"很可怕

保健师则表现出更强烈的担忧。他们就职于育儿辅助中心等公共机关，负责家访、回答育儿方面的问题。一位神奈川的保健师在对婴幼儿家庭进行访问时表示"无意中忽略孩子的母亲很可怕"。

这位保健师常年接触"带孩子不顺利""对孩子无法产生爱"的母亲们。"我的孩子就是不吃奶""我家孩子每天晚上都会哭，我再怎么哄都没用"……遇到诸如此类的问题，不少母亲会焦头烂额、身心俱疲，甚至在保健师面前大哭起来。

保健师的工作就是开导、鼓励这些遇到问题的母亲，为她们提供育儿方面的帮助。然而最近，一些母亲表现得有些漠然。保健师认为，"通过手机逃避现实"可能是其中原因之一。

"作为保健师，我们希望多听到母亲们的声音，向我们倾诉她们的烦恼与不安。她们肯开口，我们才能想办法帮忙解决，更重要的是她们自己注意到发生了问题，知道自己在为什么烦恼。有了这种自觉性，我们也好采取行动解决问题。可如今，手机先把她们的注意力转移开了。当然，这也是调节心情的办法之一，我们不能否认它好的一面。然而，我在一部分的母亲身上感受到了她们对孩子、对现实的逃避。"

比如，当孩子在床上嚎啕大哭时，LINE 跳出了新信息，母亲就会毫不犹豫地拿起手机。在她回信息时，像有一道"墙壁"挡在中间一样，隔绝了正在哭泣的孩子，有时甚至可能自己看着看着就笑了起来。

如果这时保健师提醒她："不抱一下孩子吗？"母亲则会立刻回过神，慌忙抱起孩子，"乖啊乖"地哄着。然而当下一条信息到来时，一切又回到原点。她们一旦拿起手机，"意识就不知道飞到哪里了"。

"这些母亲并不是不疼爱自己的孩子，她们也在尽自己所能关心他们，但也会无意中将孩子放到一边。她们建立起了和孩子之间的'屏障'，所以不怎么能感受到外界的压力。"

保健师认为，母亲之所以冷漠，是因为她们沉浸在手机里，无视现在发生的事情与出现的问题。

前文保育员提出的问题，大概也和这道"屏障"有关系吧。如果事实真是如此，那么无意识间被忽略的孩子又会怎么样呢？

幼儿期的交流、联系非常重要

俗话说"三岁性格，百岁不变"，来自外界的情感、生活体验、与他人的信任关系决定了一个人的性格，人在幼儿时形成的性格很难随着年龄的增长而产生变化。

世界各国都有类似的俗语，比如中国的"三岁看老"、美国的"在摇篮里学到的东西会被带到坟墓里去"，都表明了婴幼儿时期对性格形成的重要性。

联合国儿童基金会 2001 年发布的《世界儿童状况报告》中指出，"婴幼儿时期，从父母、亲人及其他成年人身上获取的经验及和他们的对话，会对孩子的大脑发育产生影响，这种影响很大，不亚于孩子成长所需要的充足营养、健康以及干净的水源的作用"。

此外，文部科学省还从脑科学的角度研究了孩子的成长，并在 2005 年 10 月发布的《有关情绪的科学解释及教育等方向应用的研讨会》中分析了"3 岁之前的婴幼儿与父母之间的关系"。报告指出"在情绪发育方面，对于 3 岁以前的婴幼儿来说，母亲及家人倾注的感情有助于其产生稳定的情绪，并在此基础上实现进一步的发展"，强调了母亲和家庭的重要性。

报告重点从脑科学的角度，解析了婴幼儿时期家人的抚养与孩子大脑发展之间的关联性。随着研究的日渐深入，如今的我们进一步发现，父母（或者其他代替父母抚养孩子的人）投入的感情、信任对婴幼儿时期大脑以及身体机能的发展十分重要。

我们将孩子与母亲建立信任关系的过程称为"母胎依恋"的形成，在此基础上形成的感情为"母胎依恋"关系，正是这种感情影响着孩子大脑的发展。

"母胎依恋"对孩子发育的影响

那么，母胎依恋具体有着怎样的影响呢？我在采访涩井儿科诊所的院长、小儿神经科医生涩井展子时，她引用了自己发表在《东京都医师会内刊》第 69 卷第 3 号上的内容。

（1）稳定的母胎依恋可以培养自律神经的调节力（脑干）

脑干传递出饥饿、困倦等信号，孩子将这类肉体的要求传达给母亲，母亲做出恰当的回应，再加以爱抚（母亲看向孩子的眼神、笑容、温柔的声音、肌肤的温度、气味、母乳的味道等），就会让孩子感到安心。不断重复这种体验，不仅可以完善孩子脑干内自律神经的各项功能，还可以增强脑干调节呼吸、内脏、血管等系统的能力。即便孩子一时因为饥饿或者困倦哭起来，心跳、呼吸频率有所加快，一旦要求得到满足，就会很快安静下来，心跳、呼吸也可以迅速得到调整。

（2）稳定的母胎依恋可以加深孩子的安心感、增强调节能力（视丘、杏仁核）

面对孩子的不安、不开心、撒娇等情绪，母亲如果能做出恰当的回应，再加之爱抚，孩子就会感到满足。如此一来，用于感知危险信息并及时做出处理的视丘、杏仁核的功能会进一步完善，从而使情绪放松下来。杏仁核会将这种感受记录下来，一旦将来遇到不幸，这将成为克服问题的心理调节能力的基础，并进一步形成自愈能力。

（3）不稳定的母胎依恋会导致感觉调节、感情中枢调节出现问题

如果孩子感到不开心、不满意，对着母亲哭却得不到回应，甚至感受不到任何回应与爱抚，无法和母亲建立感情链接，那么孩子的感觉调节、感情中枢的调节就有可能受到影响。一旦哭起来，孩子无法调节呼吸和心跳，杏仁核过度兴奋，进而愈发不安。

感情中枢的调节功能如果出现问题，就有可能影响大脑皮层的发育，进一步影响被称作脑部控制中心的前额叶皮质。

我们试着将涩井医生的解释放在实际生活中，比如亲子对话这一场景里。

婴幼儿最开始并不会讲出完整的话，大概2个月左右时，开始牙牙学语。他们会发出"咿——""呀——"等声音，如果父母对此作出回应："你怎么这么聪明呀""是不是饿了呀"，孩子就会咯咯笑起来。这就是语言功能发育的开始。

语言功能由大脑掌管，孩子出生后的3个月到6岁之间，是其形成的重要时期。涩井表示，9个月左右开始，婴儿脑部负责区分声音的区域迅速发育，之后他们便慢慢可以理解声音的含义。所以说，在婴儿出生之后让他们接触大量语言与声音是非常重要的。

"即便孩子说出来的话没有什么意义，也能表达感情。孩子和父母建立起双向的联系，慢慢形成了语言和交流能力的基础。事实上，亲子间的交流影响的并不仅仅是语言能力。比如目光接触、相互凝视会促进孩子视觉认知能力的形成。孩子看到大人对他笑，也跟着笑起来，就是因为学会了共情。"

语言能力、视觉认知能力、感情等多项功能在婴儿时期得到迅速发展。孩子基本都是在和家人的亲密接触中获取这些能力的。由此看来，父母深情的话语、微笑、亲子间的互动十分重要。

但是现在，父母沉迷手机，对孩子的呼唤视若无睹，无视孩子的哭泣，不去抱他反而一个劲玩手机。他们不知道孩子是因为饿了才哭，还是因为孤独了才哭，而只会按照手机App里的固定模式做出应对。如此一来，又怎么能感受到孩子在想什么呢？

如果孩子的感情或者要求不能得到满足，包括共情等一系列情绪功能的发育就可能出现问题。如果这种情况持续下去，甚至会演变成一种虐待，涩井医生称其为"手机忽视"。

"手机忽视"的不良影响

　　"如果想融入社会，在这个大环境中更好地生存下去，人就需要考虑很多问题。除了个体的健康成长，还要具备道德心、社会性、自尊心、共情能力、交际能力等。是遵从自己的欲望与冲动、自私自利地活下去，还是选择依照社会规则、多为他人考虑与着想？从出生后的 6 个月到 2 岁之间，小孩子会模仿他人作出判断，我们将这种能力称为'社会性参照'。小孩子在第一次遇到问题时，一定会向信赖的人寻求帮助，这个过程不断重复，就慢慢形成了'社会性参照'。如果在这个关键时期，父母沉迷手机又会怎么样呢？父母是孩子参照的标准，但他们不在乎孩子，也不理会孩子提出的要求。长时间生活在这样的环境里，孩子又怎么能学会尊重自己与他人，进而遵守社会的规则呢？"

　　"忽视"是儿童虐待的一种，指的是对孩子不予理睬的养育方式。比如孩子饿了不给他吃饭，生病了不带他去看医生。

　　涩井说的"手机忽视"并没有严重到这个程度，但是亲子间依恋、信赖关系的弱化，可能对孩子今后的成长造成影响。

　　对于大多数父母来说，他们可能并不是故意忽视孩子，对其置之不理，而是不知不觉被手机吸引了注意力，享受手机带来的乐趣，等到回过神来时，孩子已然被丢在了一旁。

然而对于孩子来说，父母是无人可以取代的。父母给予他们生命，照顾他们的日常生活，孩子离开父母根本无法生存，所以只能依赖父母，对他们笑，和他们说话。从出生开始的短短数年，孩子会获取对以后人生至关重要的语言能力，社会性、共情等能力也在这一时期得到飞速发展。如果考虑到这些，和眼前的手机相比，究竟哪一个更为重要，我相信各位家长心里应该都有答案。

　　"如果孩子小时候没有得到应有的关爱，长期处于'手机忽视'状态，将来可能会导致'依恋障碍'，变得缺乏安全感，精神状态不稳定，或者在和他人交往时出现问题，甚至亲子之间的关系也会因此出现裂痕。我们不能一概而论，认为手机就是不好的，但考虑到婴幼儿时期形成的各项能力会影响孩子今后的人际交往，就不得不向缺乏自我约束、沉迷手机的父母发出警示。"

"沉浸在自己的世界里"

　　在我向这些母亲谈及由手机引发的"忽视"问题时，她们之中不少人表示"说得很对""我觉得这也可能发生在我身上"。

　　一位住在东京，女儿6个月大的母亲（27岁）说道："孩子确实很可爱，只是我每天一直看孩子压力也很大。本来想稍微放松一下才拿起手机，可一旦开始就很难放下来。尤其是和女儿单独在一起的时候，没有其他人提醒我，就更停不下来了，只能一边玩手机，一边给孩子换尿布、喂奶，还会安慰自己'这也是没办法的呀'。仔细想想，确实挺可怕的。"

一位住在埼玉县的母亲（35岁）有两个孩子，4岁的女儿和2岁的儿子。她有时会无意识地对孩子很冷淡，事后想一想，基本都是"玩手机的时候"。

"大概一拿起手机，我就沉浸在自己的世界里了。如果孩子那个时候缠着我不停说话，我就会觉得有人入侵了我的领地，立马冲他发火。虽然之后也会自我反省，但可能就是手机降低了我的自控能力。要是谁给我发信息，我没及时回复，就觉得对不起对方，甚至本末倒置地认为孩子可以等一会儿再管，信息不能不回。"

对于父母用手机教育孩子或者因为沉迷手机忽视孩子的现象，不少人持批判意见。大概是因为他们知道这会对孩子今后的成长造成影响，所以对父母的态度会更严苛一些。

然而只批评父母，并不能解决问题。手机之所以能越来越多地介入我们的生活，其实有很多原因。一方面它的操作机制很容易让人上瘾，就如同香烟和酒精，人们通过手机获取兴奋、快感，并习以为常。有关这部分内容，将在第三章进行详细叙述。

另一方面，就像水、电一样，手机已然成为我们生活中的一项必备品。我们可以利用手机完成很多事情，通讯、交流、查资料、发信息、处理电子支付及各种手续等等。它可以替代时钟、手册、地图，可以说，在这个时代里我们很难离开手机。

这样想来，也不难理解为什么父母们会如此沉迷，并将手机用于教育孩子的环节上。

孤独的母亲

除了上述两点，还存在一些特殊因素，其中之一是孤独化。

在日本，很多母亲是一个人带孩子的，和邻居、社会的接触很少。Benesse 教育综合研究所在 2011 年 2 月进行的第四次《育儿趋势调查报告》（以 0 岁至 2 岁孩子的母亲为对象，共计 1500 人）中指出，有过半数（53.4%）的母亲表示"周围没有人可以帮忙带孩子"，至少两成的母亲认为，"周围没有人可以和我交流育儿方面的问题""找不到孩子玩耍时可以和我闲聊的朋友"。

这种淡漠的人际关系甚至波及家庭内部。29.8% 的母亲表示家里的老人不会帮忙照看孩了。也就是说，在一些家庭中，即便是最亲近的人也帮不上忙。

两成以上的母亲还表示，丈夫平均每天在 21 点 01 分回家，她们每天有"15 个小时以上"是和孩子单独相处的。还有 5.2% 的母亲认为"平时和孩子基本不出门"，26.8% 的母亲说"一周大概出去一两天"。换言之，约有三成的母子基本呆在家里。

这些母亲平时谁也见不到，不和人说话，也没有可以帮忙的人，只能依靠手机和外界接触。也有一些母亲生了孩子也会继续上班，她们在职场打拼、丰富自己的社会经验。对于她们来说，通过手机和社会、他人取得联系是再自然不过的了。

社会的不宽容让母亲和孩子倍感压力

此外，社会的不宽容也是导致依赖手机的原因之一。一些母亲表示"这样可以少给别人添麻烦"，只要把手机给孩子玩，他就能老实一点，不影响其他人。

实际上，因为嫌吵反对建设保育园的抗议活动时有发生，也有人因为孩子们在公园玩的时候太聒噪而闹到法庭。各地的保育园、儿童馆为避免"周围人抱怨"，做出了周全的应对措施，比如关上窗户、拉上窗帘、限制户外娱乐时间等。

最近，一些地区的夏日祭也变得和以往不同了。人们跳盆舞①跳得兴高采烈，却没有传出伴奏音乐。没有人带头，怎么能跳得起来呢？事实上，这是因为每个人都各自挂着耳机，听耳机里放出来的音乐。看来，连盆舞音乐都被归为"噪音"的一种了。

原本以为至少在公园这种地方，孩子们可以玩个尽兴，和父母一起赛跑、玩球。然而事实上，一些公园对此也有限制。他们摆出告示板，言辞严厉："禁止玩球，违者通报""此处禁止踢足球，发现者可拨打110"。

面对社会的不宽容、育儿环境的闭塞，父母们十分敏感。本身带孩子出门就是一件麻烦的事情，再加上可能影响到别人，他们就更加小心翼翼了。既然在外面可能给别人添麻烦，

---

① 日本盂兰盆节时，众人聚集跳的一种舞蹈。原本是一种佛教仪式，平安时代天台宗僧侣空也发展出的念佛盆舞是其起源，镰仓时代由僧侣一遍传遍日本。

还会被人冷眼相待，那不如在家里让孩子们玩手机。产生这种想法也是可以理解的。

前文提到有母亲将免费的育儿 App 视为"免费的玩具箱"，可以说时代已然将手机这一文明产物放在了教育孩子的问题面前。手机用途广泛、使用方便，是生活的必需品之一，它给我们带来许多新的东西，也带来始料未及的变化。在这种环境中成长起来的孩子们，他们的将来是幸福还是存在隐患？

在回答这个问题之前，我们不妨看一看另一个群体，他们不分昼夜玩手机，将火爆的 App 称为"神作"。在下一章中，我们将一起走进 10 多岁的初高中生使用手机的日常生活，看看在这一现场发生的各种各样的问题。

第二章　校园种姓与沟通地狱

98.5% 的高中生有手机

应该有不少人发觉，这几年电车里的情形和之前不太一样了。看报纸、文库本 ①、漫画杂志的人一下子减少了，与之相反，大多数的乘客会拿着手机或者平板电脑。

其中特别引人注目的是初高中生，他们三两成群挤上电车，一边兴高采烈地聊天，一边玩着手机，现实中的对话和网络上的交谈两不耽误，手指总是飞速触碰屏幕。

根据信息安全公司 Digital Arts 在 2017 年 3 月所做的第 10 次《未成年人非智能手机、智能手机的使用情况调查》结果显示，10 岁至 18 岁少年的手机持有率为 80.3%，其中高中生为 98.5%。

每日手机的平均使用时间为 3.2 小时，高中生则更长一些。男生平均使用时间为 4.8 小时，女生为 6.1 小时。令人吃

---

① 一种小型规格的平装书籍，A6 尺寸，方便携带，价格较便宜。

惊的是，有 3.9% 的女生"每天使用 15 个小时以上"，相当于每 25 人中就有 1 个（表 2）。

表 2　每天手机（含智能手机与非智能手机）的平均使用时间

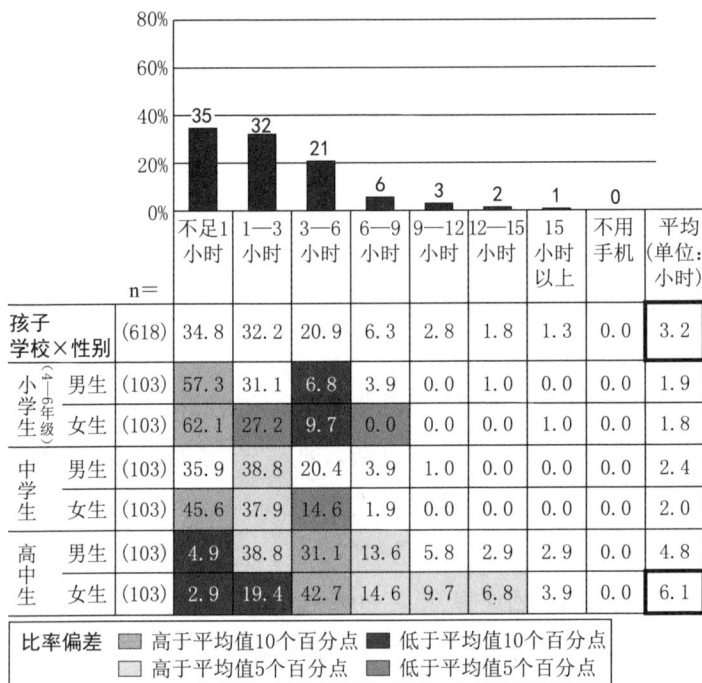

孩子学校×性别	n=	不足1小时	1—3小时	3—6小时	6—9小时	9—12小时	12—15小时	15小时以上	不用手机	平均（单位：小时）
	(618)	34.8	32.2	20.9	6.3	2.8	1.8	1.3	0.0	3.2
小学生（4—6年级） 男生	(103)	57.3	31.1	6.8	3.9	0.0	1.0	0.0	0.0	1.9
女生	(103)	62.1	27.2	9.7	0.0	0.0	0.0	1.0	0.0	1.8
中学生 男生	(103)	35.9	38.8	20.4	3.9	1.0	0.0	0.0	0.0	2.4
女生	(103)	45.6	37.9	14.6	1.9	0.0	0.0	0.0	0.0	2.0
高中生 男生	(103)	4.9	38.8	31.1	13.6	5.8	2.9	2.9	0.0	4.8
女生	(103)	2.9	19.4	42.7	14.6	9.7	6.8	3.9	0.0	6.1

比率偏差　■ 高于平均值10个百分点　■ 低于平均值10个百分点　□ 高于平均值5个百分点　■ 低于平均值5个百分点

引自：第 10 次《未成年人非智能手机、智能手机的使用情况调查》（Digital Arts 公司）

　　他们究竟是怎么用手机的呢？我们来看一看每天的使用时间表（表 3）。"18 点—21 点"是最高峰时段，有 83.5% 的高中男生和 88.3% 的高中女生选择了这一项，说明他们会在回家途中、去补习班的路上或者吃晚饭的时候看手机。

　　此外，有 24.3% 的高中男生和 25.2% 的高中女生选择了"0 点—3 点"这一深夜时段。甚至还有 10% 左右的高中生选择了"3点—6点"（表 3）。

表 3　每天使用手机（含智能手机与非智能手机）的时间段

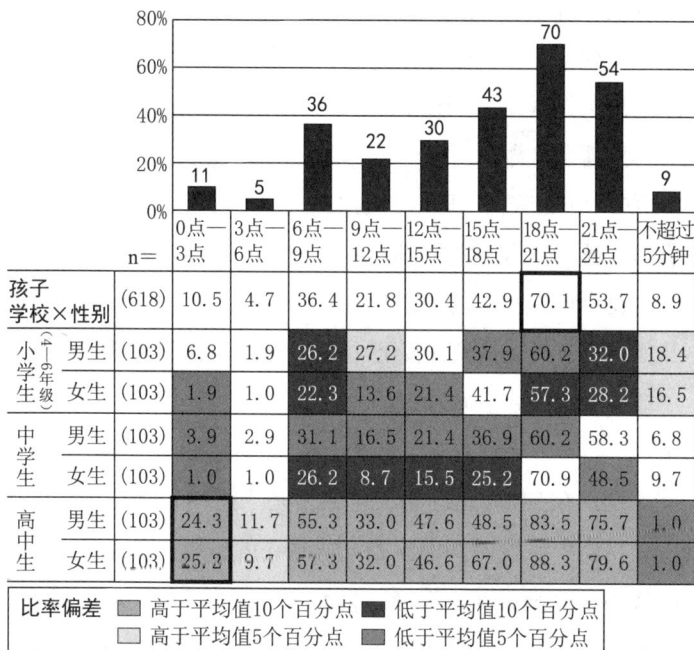

	n=	0点—3点	3点—6点	6点—9点	9点—12点	12点—15点	15点—18点	18点—21点	21点—24点	不超过5分钟
孩子学校×性别	(618)	10.5	4.7	36.4	21.8	30.4	42.9	70.1	53.7	8.9
小学生（四～六年级）男生	(103)	6.8	1.9	26.2	27.2	30.1	37.9	60.2	32.0	18.4
女生	(103)	1.9	1.0	22.3	13.6	21.4	41.7	57.3	28.2	16.5
中学生 男生	(103)	3.9	2.9	31.1	16.5	21.4	36.9	60.2	58.3	6.8
女生	(103)	1.0	1.0	26.2	8.7	15.5	25.2	70.9	48.5	9.7
高中生 男生	(103)	24.3	11.7	55.3	33.0	47.6	48.5	83.5	75.7	1.0
女生	(103)	25.2	9.7	57.3	32.0	46.6	67.0	88.3	79.6	1.0

比率偏差　高于平均值10个百分点　低于平均值10个百分点　高于平均值5个百分点　低于平均值5个百分点

引自：第 10 次《未成年人非智能手机、智能手机的使用情况调查》（Digital Arts 公司）

他们究竟为什么会沉迷手机到这种程度？我们来具体了解一下。

LINE 的未读消息能累积到 200 条

就读于千叶县公立高中的二年级学生菜穗（化名）时隔 3 年再次接受了我的采访。她身材苗条，留着齐肩直发，眼睛狭长，看起来比实际年龄成熟一些。她的刘海上别了几只精致的圆珠卡子，和我聊天时会不时掏出小镜子确认一下自己的发型有没有乱。

我们曾在 2013 年打过交道，那时她还在读初二，协助我完成了《周刊文春》的采访。对于班里的同学、社团同学、课外辅导班的同学纷纷创建 LINE 群，每日聊得热火朝天的日常状态，菜穗是这样说的：

"如果看到消息不回复，朋友就会很不爽；要是隔一会儿不看群，就不知道大家聊到哪儿了。就算我想结束对话，朋友有时候也会继续发新消息，没完没了。除非谁中途睡着了，要不然就得聊下去，休息日甚至一聊 10 个小时也是有的。"

如今我再次问她时，她一开口就直接道："比之前更累了。"

她说现在 LINE 里的聊天群数量是当初的 10 倍，甚至 50 倍。只是高中阶段的同学就要分成现在的班级、曾经的班级、社团活动、跨班级等不同群，更不用说小学、初中同一届的、校外朋友和网友。几个小时不看手机，LINE 的未读消息就能累积到一两百条。

我问她具体情况是怎样的，能不能描述一下平时都会发生什么。菜穗回答："那我讲一讲我平时的好朋友吧。"

她经常会和朋友们在群里聊天，"就聊一些没什么营养的内容，有时谁想出一个新话题大家也跟着附和几句。其实和中学时相比，现在如果聊到一半不想聊了，只要说'我去玩Twitter（之类的）了'，大家也能理解，毕竟现在谁都有这种社交账号嘛"。

这里的"想出一个新话题"，指的是一种聊天形式：一个人提出一个问题，其他人写下自己的答案。比如"最近听到的20个消息""学校里最在意的30个人的名字"……如果谁的答案比较有意思，其他人也会在群里发大笑或者点赞的表情。放在现实世界里，就好比谁讲了笑话，大家纷纷为其鼓掌。

即使感觉到身心不适……

乍一看气氛融洽，但菜穗觉得事实并非如此。

"现在不只是 LINE，大家还会玩 Twitter、ins①之类的，能交到很多朋友。可这种平台需要经常互动，有时我也会觉得时间不够用。好不容易关掉了 LINE，接下来还得在 Twitter 上聊。而且 Twitter 的话，一般大家都有两个账号。大家可能会在小号上写一写朋友之间比较隐秘的事情，稍有疏忽就会惹麻烦，考虑得太多还会失眠。"

菜穗所说的大号、小号指的是正式的账号和隐藏的账号。账号就好比银行卡，一个人可以有好几个账号，建立不同的社交圈子。

疲于复杂的社交、精神压力增大的不只是菜穗一个人。前文提到的第 10 次《未成年人非智能手机、智能手机的使用情况调查》也对女高中生进行了调查。有 26.2% 的人"出现头疼等身体状况不佳的情况增加了"，12.6% 的人觉得"内心烦躁"，她们的身心健康都在一定程度上受到了影响。7.8% 的人认为"即使和朋友在一起，也觉得不开心"，9.7% 的人认为

---

① Instagram（照片墙），一款分享图片为主的社交软件。

"对所有事物的好奇心减少了"。从这些答案中我们也能看出，一些学生的精神状态可能不太好。

被他人抛弃的风险与不安

为什么年轻人们明明感到身心疲惫，却依然无法摆脱社交呢？这背后的原因并不简单。其中之一是手机自身的客观问题。

上一章也提到过，人们可以随时随地使用手机，它的用途广泛，甚至已经成为一项必备品。朋友之间的交流不仅限于学校，放学回家以后或者在家休息时，都可以通过手机和朋友聊天。

此外，由于手机介入社交，孩子们的交友范围也变得越来越广、越来越自由。正如菜穗拥有"跨班级的朋友"和"网友"一样，既定的交友范围得以扩展，孩子们可以和任何人取得联系，也可以根据自己的喜好选择联系谁。

既然可以有更为宽泛、自由的选择，那就没必要执着于身边的朋友。有人也许会这么想，然而事实上，这才是更为迫切的问题。

著有《被交友束缚的孩子们》（岩波Booklet）等多部作品的筑波大学人文社会系的土井隆义教授这样说道："随着手机的介入，人际关系确实更自由了。你可以选择交往的对象，和谁都能成为朋友的可能性也大大增高。然而与此同时，对方和你一样，也拥有更为宽泛、更为自由的选择，这就意味着你不知道对方会不会和你交朋友。即便什么时候被对方排斥了，那也是人家的选择。这就可能导致在交友过程中，需要时常担惊受怕，为了保持友谊的稳固，就要不断保持彼此的联系。"

如果你有自信，认为友情很牢固，那就还好。但大多数人并没有百分之百的自信心。因为有些人表面上看起来是"好朋友"，但暗地里建了其他的 LINE 群，吐槽别人。有时几个小时前还非常要好的朋友，可能因为很小的言语冲突就绝交了。

在这些年的采访过程中，我了解到初高中生们会用"心友""信友"和"神友"这几个词汇来形容朋友。它们的日语读音都是"shinyu"，意思分别为：值得交心的朋友、值得信赖的朋友、像神一样会帮助自己的朋友。他们会在交友过程中相互试探、不断确认彼此究竟是哪一类朋友。

表面的亲密无间或许伴随着私下的怀疑猜忌，手机将我们时刻联系在一起，却无法保证友谊长存。如今的孩子们或许是因为害怕被抛弃，才会如此依赖手机上与朋友的联系。

"交友的差距"让孩子们倍感压力

此外，土井教授还谈到了"交友的差距"。朋友的数量，换言之就是人际关系网的丰富程度直接关系到"人的价值"。

"一个人没有朋友，就意味着没有人愿意和他交朋友，是因为他缺乏人格魅力。人们往往会对这种'孤独者'给予负面评价。越来越多的人认为，一个人朋友的多少决定了他是否有价值。我们可以轻易从 SNS 上看到一个人的朋友数，如此一来，也会不由自主在意别人对自己的评价。"

Twitter 的粉丝数、Facebook 的点赞是公开的。用通俗一点的话说，就是体现员工业绩的条形图摆到了明面上，谁都能看。

如果衡量一个人的标准是业绩，那么不管这个人性格多么好，外界对他的评价大概也是"工作不行呀，不能重用"。而如今的孩子们也同样面临这样肤浅的评价。

此外，交朋友也不只是人数越多越好，还要看这些朋友是谁，或者说是哪一类人。有时乍一看这个人的朋友很多，但如果这些朋友都是周围人眼中"不合群""令人讨厌的"人，那么可能连带自己也会被贴上"性格不好"的标签。由此可见，交友不仅要看数量，还要看质量。

孩子们不仅要交更多的朋友，还要考虑他和朋友们究竟属于哪个阶层。"年级 LINE"就可以直观地体现这一点。

所在群的质量与他人对自己的评价息息相关

我们再回到菜穗身上。她说的"跨班级的朋友"就是"年级 LINE"里的朋友。她说和初中时相比，现在更累了，一方面是因为朋友的数量有所增加，另一方面是因为她还要考虑自己所在的群的"质量"。因为这会影响别人对她的评价。

那么"年级 LINE"到底是什么呢？也许每个学校的情况多少不同，但根据菜穗的描述，大体指的是，每一年级的学生会按照等级排序，每个等级的会分别建立自己的 LINE 群。成员不是按照班级区分的，而是按照"等级"，所谓年级之间的横向交友。

"有时候一个年级只有一半的学生会加群，有时候会将整个年级分成好几个群。我们这一级分了四个组，最高是 A，最低是 D。"

菜穗的年级大约有 250 名学生，其中约两成学生属于 A 级，其他的 80% 是 B 到 D。事实上，D 并没有实际存在的群，"都是一些不合群、没什么存在感的人"。

"我基本都是在 B 级。曾经也降到过 C，就是被 B 的朋友们排挤了呗。我当时超级吃惊的，还因此烦恼过一段时间。因为等级下降意味着别人觉得你不够格，降下来之后想要再升回去就很难了，而且那个时候我还有个特别要好的朋友升到了 A 级。这让我俩都挺尴尬的，后来就慢慢不怎么联系了。"

同一年级的学生被分开，组建不同的群，可为什么能被"加进去""挤出来"呢？

这和 LINE 的"邀请制度"有关。

如果一个人想要进 A 级的群，那么就需要有一位在 A 级群里的"好友"，让他来邀请你加入。相反，原本好好待在群里的人也可能被"退群"。群成员的增减信息是公开的，所有成员都能看到谁新加进来了，谁被踢出去了。

群不是想加就可以加，也不是想留就可以留。这种不安定的、流动的交友关系给孩子们带来了精神上的压力。他们要面对的是"我究竟被哪一类人认可""周围人是怎么看我的"这类严峻现实。

"校园种姓"引发的分级

那么，为什么会出现这种分级呢？在此我想和大家聊一聊"校园种姓"。

种姓，指的是印度社会历史上存在的一种身份制度。不同的阶层对于职业、婚姻、习惯、居住地等都有着严格的要求，进而孕育出了阶层间的差别。校园种姓指的就是模仿这样的身份制度，在学校内部形成小团体，学生之间出现金字塔状阶层区分的现象。

这种现象始于 2005 年至 2009 年，在学校里属于下层群体的学生们在网上写道："像印度种姓制度一样的阶层化现象正在蔓延。"不少人大概是因为《教室内（校园）种姓》（光文社新书）一书才了解到这个现象。

这本书出版于 2012 年，作者是当时东京大学社会科学研究所的研究员铃木翔。铃木在谈到校园种姓时是这样解释的：同一年级的学生理应是平等的，但学生们却接受并达成"有些人是上层人，有些人是下层人"这样的共识。

至于分级的条件，书里谈到了这几条。

- 上层　恋爱、性经验丰富，在异性中评价很高，性格开朗，个性强，有主见，清爽，外貌好，注重外表，参加足球部这种引人注目的社团并很活跃。
- 下层　土，老实。

书里关于下层的描述很简单，大概是因为这种分类标准是学生们自己想的。比如"土"这一项，大家本身就不认可它，更不想展开谈。

换言之，学生之间的等级区分没有固定依据，或者说根本就是根据集团内部的氛围、主观想法肆意决定的。

如此一来，年级 LINE 之类的分级就更不稳定了。就拿菜穗来说吧，她本人其实也不清楚为什么自己会从 B 降到 C，又从 C 升到 B。唯一可以当作理由的，大概只有"周围人是这样认为的"这一点。

如果菜穗的想法是正确的，这其实是一件很可怕的事情。集团内部会对一个人产生评价，而且这种评价还可以通过手机被所有人看到。"有些人是上层的，有些人是下层的"这种认知会轻而易举扩散开来，等级毫无疑问也会固化下去。

"不被周围人讨厌是很重要的"

通过菜穗的介绍，我又找到了在私立大学附属高中读书的真由子（化名）。她和菜穗一样，今年高二，个子小小的，长了一张娃娃脸，看起来比实际年龄小一些，手机壳上挂着一个大大的兔耳朵装饰。

真由子的"年级 LINE"分为一级、二级和三级（相当于前文的 ABCD），她本人属于一级。但在我提到"校园种姓"分级的标准时，她却认为这并不符合她们学校的情况，甚至苦笑道："这种分级标准其实已经过时了。"

"在现实生活里，个性强、有主见的人确实会混得比较好啦，可放在 SNS 上，这种人反而不怎么受欢迎。如果太爱出风头，就会让人敬而远之；特别爱炫耀自己男朋友的现充 ① 不要说引人羡慕了，大家很多时候都不想理她。"

---

① 日文为"リア充"，指的是在现实世界中生活得充实的人们。

那么什么样的学生才能排在前列呢？真由子觉得，一种是认真且对他人很好、脑子也很好的，一种是消息灵通、交流能力很强的，还有一种是善于察言观色的。真由子觉得自己就是最后这种。

好学生很受欢迎，这一点也许看上去出人意料，但其实，如今的高中生会在 LINE 上一起写作业、一起复习迎考。

"聪明且人很好的同学会在学习上帮助大家，有时把自己的笔记通过图像或者视频的方式发出来，还会在考试前制作习题册，供大家参考。这种人会替别人着想，也不傲慢自负，所以很受欢迎。另外就是精通 IT、机械，擅长理科的人。手机什么的要是坏了，他会马上来帮忙。能解决我们的问题，大家也会对他刮目相看。"

看来并不只需要学习好，还要"对周围的人有服务精神"。大家会高看精通硬件知识的人，可谓十分具有时代特色。

另一方面，消息灵通、交流能力强的人也很受欢迎。他们一般很了解时尚、娱乐消息，还会分享自己表情夸张的照片，逗大家开心。善于察言观色的人也是同样的道理。简而言之，就是懂得关心其他同学、融入集体、和大家打成一片的人比较受欢迎。

"不只是年级 LINE，学校外面的 SNS 基本也是这样的，一个劲强调自己怎么怎么样的人是不会排到上面的。大家都喜欢会时刻注意自己的言行，稳重、爽朗的人。在 SNS 上，最重要的一点是不被周围的人讨厌。但这一点其实很难的，也很累。因为你不知道哪里是陷阱，只得不断观察周围的人，步步为营。自己的想法并不重要，重要的是大家希望你是什么样子的，你就得为了那个目标不断努力。"

在真由子看来，和学生之间的排名相比，进入一个群体后不断调整自己、适应这个群体的过程更艰难。"自己的想法并不重要，重要的是大家希望你是什么样子的，你就得为了那个目标不断努力"，这就是他们的日常。有时即便深夜或者正在吃饭的时候也要考虑这些。

土井隆义教授在《被交友束缚的孩子们》一书中，将当今孩子们所面临的问题用象征性的故事的形式表现了出来。在此我重新组织一下语言，举例如下。

一群好朋友放学以后来到学校附近适合聚餐的餐厅，准备点一些小吃以及自助饮料。其中一个家境一般，零花钱比较少的孩子只要了一杯水，第二天开始就再也收不到朋友们的邀请了。

从成人的视角来看，这大概算是"被排挤"或者"歧视"了吧，然而他们并不这样认为。在他们看来，去除扰乱秩序的人是维持伙伴之间稳定关系的正当防卫。

他们的理由是，大家都点了饮料，就他喝水，旁边人会盯着他们看，太丢脸了。

这个故事正照应了真由子说的话。"自己的想法并不重要，重要的是大家希望你是什么样子的"，如果这个形象破灭了，那就是扰乱了集体的秩序，眨眼间就会被排挤，而且排挤你的人还会觉得他的行为"没有错"。

手游用户的低龄化

之前我们一直在介绍女高中生的案例，那么男生的情况又如何呢？我在采访中发现，女生们比较看重交际，而男生们则喜欢看动画、玩游戏。两者相比，后者更容易成瘾。

大概是从 2000 年开始，人们慢慢注意到游戏成瘾这一现象。那时，PC 端的网络游戏聚集了大量人气，不少年轻人沉迷其中。

网络游戏指的是在互联网上操作的游戏，可以一个人玩，也可以好几个人一起玩。如果玩家数量过多，一般会被分成小组进行战斗。他们需要制订作战计划、战斗、彼此竞争、相互辅助、为了同一目标团结起来。这一过程充满挑战与戏剧性，玩家在游戏里聊得火热，玩得不亦乐乎。

我曾经采访过沉迷游戏的人，其中有一些甚至被称作"废人"。"废人"指的就是玩游戏过于上瘾，顾不上家庭、社会生活的人。他们不按时睡觉，吃饭基本都是方便食品，每天窝在家里对着电脑玩游戏。不过"废人"并不全都是否定的意思。

有人认为，对游戏热爱到极致的"废人"是值得羡慕与尊敬的。事实上，也有人将废人称作"废神"，他们游戏水平非常高，在游戏里就像神一样。

而手机游戏的兴起，大大改变了这一现状。其中，GungHo 网游公司于 2012 年开发的手游《智龙迷城》异常火爆，截至 2016 年 3 月日本国内累计下载量已突破 4100 万次。

在游戏上市的第二年，运营公司举办过一场《智龙迷城》的比赛。那时击败在场其他选手，进入决赛的 3 名"智龙迷城勇士"是年仅 12 岁、13 岁、15 岁的中小学生。手游的出现加速了玩家低龄化的趋势，而这些年轻的玩家还是技巧丰富的"高玩"。《智龙迷城》可谓典型例子。

这不得不引起人们的警觉。一般来说，游戏成瘾可以分两个层面。一是对游戏本身的沉迷。玩家每天玩游戏上瘾，根本停不下来，这对他们的身心健康及生活都会带来巨大的影响，关于这个问题我将在第三章里具体陈述。二是对游戏里人际关系的沉迷。他们迷恋一起玩、一起竞争的朋友关系，且越陷越深。

在游戏里燃起好胜心的高中生

不少人说，相比于 PC 端的游戏，手游的玩家成瘾程度更轻。

电脑和手机的屏幕大小不同、可操作性不同，在游戏是否免费这一点上也有所不同。PC 端游戏的目标用户是重度玩家，在游戏质量和难易度上都有较高要求，所以大多都是收费的。

而手游更重视"随时随地都可以玩"这一点，玩家可以利用空闲的时间稍微玩一下，即便是新手也可以享受游戏乐趣，所以很多都是免费的。

另外，手游里还有一类"社交游戏"，指的是一种原本在 SNS 社区内运行的游戏。以前，大家注册了 mixi[①]、GREE[②]、Mobage[③]、Facebook 之后就可以在 SNS 的平台上玩。但 2010

[①] 日本著名社交网站之一，2003 年 12 月开发，2004 年 2 月上线，主要提供 SNS 服务，还包括日记、群组、站内消息、评论、相册等功能。

[②] 日本著名社交网站之一，在日本 16 岁至 30 岁的年轻人中享有很高人气，主业是手机游戏。

[③] Mobage 梦宝谷，由 DeNA 股份有限公司运营的，面向手机用户的门户网站兼网络社区。

年以来，App 形式的社交游戏急剧增多。玩家不需要下载特定的 SNS，只需下载游戏 App，就可享受 App 内置的社交功能。在这里，你可以和其他玩家一起娱乐、对战。这类社交游戏不限制时间地点，谁都可以玩。

那么具体都有什么样的玩法呢？就读于埼玉县公立高中的一年级学生翔太（化名）告诉我："游戏本身确实很有意思，但更有意思的是能和大家一起玩……上学、放学的路上，回家以后还有休息的时候基本都有玩。每天平均 4—5 个小时吧。有对战型游戏、卡牌类游戏、RPG① 游戏，有新游戏也有老游戏，反正混在一起玩。"

我问他究竟哪里好玩时，他回答了三点：排名、来自朋友的赞赏、好胜心。

玩家在玩社交游戏时，进行状况、对战成绩、胜负等信息都是公开的。玩家不仅可以看到彼此的情况，还能对话、发送信息。在手机里打字，游戏界面就会出现相应内容，类似漫画的对白框、电视节目的字幕。

翔太的排名如果提升了，其他玩家也会看到，他们会向他发送"厉害了""恭喜"之类的信息。在玩游戏的同时，也在和他人聊天。

"现实生活中，我比较被动。初中的时候会被周围的人欺负，在高中也是那种特别没有存在感的人。但通过社交游戏，我至少认识了 300 个人。可能也是因为我玩得挺好的，而且玩游戏的时候一直很尽心，大家就是看到了这一点吧。毕竟谁都

---

① 角色扮演游戏（Role-playing game），游戏类型的一种。在游戏中，玩家负责扮演一个角色在虚拟世界中活动。

愿意和玩得好的人接触。"

现实生活里的翔太和游戏里的翔太，无论是性格、语言还是待人接物的态度都是不一样的。他在学校很被动，但在游戏里担任战斗小组的队长或者指挥，有时甚至会责备其他玩家。在与女孩子接触时也一样，他在现实生活里和女生只有浅层接触，但在游戏里就会主动找她们聊天。借玩游戏的契机，在SNS 上和他交流的初高中女生大概有 30 人。

和游戏里的朋友也会在 SNS 上交流

游戏公司 Enterbrain 此前做过一项名为《社交 App 的用户行动心理报告》（2012 年 4 月）的调查。其中，关于"你玩社交游戏的原因"这一多选题，30.8% 的人表示"为了收集物品"，占比最高，紧随其后的 20.3% 的人表示"想和别人一起玩"，18.9% 的人表示"想取得胜利"。

翔太在社交游戏里有 300 个朋友，事实上，他并不只在游戏里和这些朋友有联系，他们还使用 LINE、Twitter 等社交软件进行交流，也会交新的朋友。

"如果不登录游戏，就无法在社交游戏里聊天。但是平时不可能一直开着游戏，有时一起玩的朋友也可能临时有事离开。因为想在游戏外面继续和他们聊，所以大家会加上 LINE和 Twitter。尤其是 Twitter，大家会在上面召集队友，或者做实况直播。经常有不认识的人看到我们，觉得有趣就加入我们的队伍，这种感觉超棒。"

正如翔太所说，Twitter 等 SNS 上随处可见社交游戏的队员征集信息，比如：

"碧蓝幻想团员征集中！刷古战场，感兴趣的请联系我们！"

如果在 LINE、Twitter 上也和别人互动，加上原本花在游戏里的时间，他们就更离不开手机了。翔太说的"每天平均4—5个小时"指的只是游戏，倘若算上泡 SNS，那一转眼几个小时就过去了。有时等他们回过神，天都快亮了，只能拖着昏沉沉的脑袋和身体去学校。

但即便如此，翔太也表示不想删掉社交游戏，不仅是因为别人会欣赏作为高手玩家的自己，更因为他"不想背叛同伴"。

"如果别人拜托了我什么事，我就想努力回应对方。对我来说，社交游戏不只是一个游戏，更像一种任务。我想为这个通过游戏走到一起的团队做出贡献，而且正是因为他们在这里，我才能更加努力。疲劳啊，困顿之类的，我根本不会去考虑这些问题。"

为了达成"游戏业绩"而行窃

从翔太的例子我们不难看出，社交游戏不是"在游戏里玩"这么简单。人们在游戏里结交朋友，在其他平台上和这些朋友交流，并努力发展更多的朋友。看起来是一个人对着手机玩游戏，事实上，他可以和不同人交往，分享彼此的快乐。

然而，这种网络上的关系并非永远轻松愉快。近来，随着游戏公司相互竞争，玩家需求的日益增高，有越来越多高水平的社交游戏上市了。一些难度较高的游戏更看重高水平玩家之间的组队，即团体作战。

其中有一部分游戏要求玩家的"游戏业绩"。一些游戏设置了每个玩家需要获得的目标分数，一些游戏要求玩家各自努力以强化整个队伍。

想要达成"游戏业绩"，一般有两个方法。一个是时间，总之就是花费大量时间以达到预期目标。另一个是氪金，就是花钱购买游戏里的物品（道具、装饰品），可以加快游戏进程或者强化角色。

不论是哪一种，对玩家的负担都很重，所以社交游戏并不简单等同于"快乐"。有时为了达成目标，还得不断投入精力和金钱。

在关东地区某公立中学上班的男老师（43 岁），向我讲述了一起发生在他们班级（初三）里的事件，令人震惊。一个"非常普通的男生"从同年级学生的钱包里拿了钱，这是公共场合行窃。失窃金额达几万日元，犯罪动机出乎所有人意料。男生说："为了完成手机游戏里的目标，我需要钱来氪金。"

"我自己不玩手机游戏，所以当初听他那样讲，其实也不太明白。他解释了之后，真是出乎我的预料。他说，游戏里的队伍要求每个成员每天达成多少目标，如果完不成任务就要被骂。我和他说，你不要去管什么目标、不玩游戏不就好了吗？他告诉我，不行，会有很多人不断催他。"

前面也提到过，在以团队作战为主要战斗方式的社交游戏里，玩家可以通过 Twitter、LINE 等游戏之外的 SNS 和朋友们聊天，聊些"你在干吗""路上走着呢"之类的。

这种机制决定了他们之间的联系愈发紧密，但同时也导致被游戏束缚，有时想要暂时离开，也无法轻易得偿所愿。

"学校不让用手机，所以他们不能在校园里玩。但是回家之后，一登录 SNS，就能看到几十条催他打游戏、完成个人任务的消息。要是语气不善，学生可能就更焦虑了。他的零花钱不够氪金，最终只能选择盗窃。"

男老师感叹道，他根本没有想到会出现这种情况。事实上，手游的氪金现象已成为一种社会问题，其中一个典型的例子就是"抽卡"这一机制。

免费游戏的氪金战略

"抽卡"源于扭蛋，即摇动手柄，获取装着小玩具的胶囊。很多玩家会为了获取游戏道具或者中奖，一次充不少钱来"抽卡"。

一个社交游戏在某次活动中提高了 R 卡（稀少）角色的出货率，然而有人投入几十万日元也没有抽到。这种情况并非个例，不少网友也对此表示不满。

有人说，大家之所以会氪金，是因为存在侥幸心理。但是如果一开始就没有对战玩家或者竞争对手，大家也不会狂热到这种程度。玩家在虚拟世界与他人建立联系，相互比拼技巧、等级，所以才更想赢，更想跻身前列。

这种心理，其实和游戏公司的战略息息相关。在手游中，可免费下载的游戏占绝大多数，不过对于游戏公司来说，需要保证收益才能运营下去。所以，他们必须增加愿意为游戏花钱的玩家数量。

某社交游戏公司的内部资料上写着引导玩家氪金的几项有

效方法：

- 交流　玩家之间可以通过聊天等形式打招呼、发信息。
- 社区　公会、帮会等由领导率领的组织。
- 玩家之间的联系　交易所、集市（作者注：交换道具或者游戏金币的场所）。
- 协作　设计一些只有玩家组队才能击败的 boss 等。
- 自我表现欲　可以更换角色的装备、装饰品，展示所拥有的物品。
- 集团内部的地位　通过排名、等级等显示玩家的能力。

上述几项都涉及了玩家之间的交流及较量。这与前文提到的"校园种姓"也有一定关联，"有些人是上层的，有些人是下层的"，这种等级划分在集团内部是十分明显的。

此外，还会将个体玩家放在"领导率领"的组织里，让他们协力完成任务。由此一来，就自然产生了"游戏业绩"这种现象。

为了维持和朋友们的关系，即便勉强自己，也要积极投身游戏。过不了多长时间，精神就会受到压迫，甚至影响现实生活。这种情况屡见不鲜。

被"社交游戏废人"逼着道歉

住在东京都的隆弘（化名）今年 19 岁，除了有时出门做一做零活，基本都宅在家里。

两年前他还在一所升学率很高的高中就读，同一届的不少同学都考上了国立、公立以及有名的私立大学。隆弘当初也有考一流学校的想法，然而他在即将升高三时退学了。

这一切都是因为他开始玩社交游戏。

"上高二以后，我慢慢跟不上大家的进度，成绩也一个劲下降，不知不觉想要逃避现实，就开始玩社交游戏了。最开始是随便玩一玩，后来进了一个招募队友的公会，情况就一下子不一样了。那个公会里有很多工作党，氪金也不手软。我没那么多钱，不能氪金的部分就只能用时间来弥补。就算这样，他们也会主动帮助我，会送我游戏道具。别人对我好我就很开心，和年龄大一些的人聊天也很新奇，一下子就陷进去了。"

隆弘所在的公会有一个 25 岁的会长（领导）。他很熟悉游戏的玩法，也舍得花钱，开玩笑的时候会自诩"社交游戏废人"，在隆弘看来就像一个可靠的大哥哥。公会里有一个会员专用的论坛，玩家可以在上面聊天。

但大概过了半年，有一天会长突然要求隆弘当众道歉。

"你不够努力呀，看不到你认真玩游戏的态度。"

"因为受到过其他成员的帮助，也不能违抗会长，所以我立刻道歉了。但他随即指出了我的好多缺点，狠狠骂了我一顿。现在想一想，要是那个时候退出就好了，但当时我真的特别自责。因为我个人的原因，耽误了大家的进度，能挽回一点是一点。所以我往游戏里充了更多的钱，玩游戏的时间也增加了。"

隆弘以"要买参考书""手机坏了要修"等理由隔三差五

向祖父母要钱，但全都花在了游戏上。之前就不断下降的成绩彻底降到谷底，他还经常迟到、逃课。

当然，父母和老师严厉训斥了他，没收了他的手机，甚至断了家里的网。但每到此时，隆弘就会异常暴躁。他会乱摔房间里的东西，有时还会大喊："现在，我就要在这里上吊！"

为什么会出现那种情况，隆弘后来反思时，说出了一个词——心理操控。

"即便被队友指责，我依然认为，只要我付出相应的努力，就能扭转局面，重新获得队友的认可。事实上我的游戏技能有所提高，也看到了确切的成果。在现实世界中，并不是所有努力都有回报，但是虚拟世界里，我做出一分努力，就有一分回报。相反的，如果我不努力，就会被他们瞧不起。如果是自己一个人玩的话，也许能适时停下吧。然而在集体中，你的情绪取决于周围人的评价。我觉得我大概就是沉溺在那种'操控'里了。"

如果做出一分努力，就有一分回报，太过依赖别人的评价，那恐怕就很难从游戏里抽身。任何阻碍他玩游戏的行为都会招致不满和愤怒，从而导致过激行为。

因为公会解散而陷入茫然

高中二年级时，过着昼夜颠倒生活的隆弘被父母带去了附近的心理治疗诊所，医生嘲笑他说："社交游戏是什么？听都没听说过。""沉迷这种游戏有什么用？"

不论是父母、学校的老师还是社会上的其他人，"都不理解我的努力"。隆弘在失望之余，和唯一能理解自己的公会同伴们走得更近了。

他后来甚至沦落到中途退学的地步，眼睛里只容得下游戏。公会的会长在得知他退学的消息之后，暗示他："接班人，我看好你啊。"

然而隆弘和同伴们的关系却慢慢出现了裂痕。不知是因为与现实生活脱节，还是因为被委以重任，他愈发在意成员之间的协作与对话。哪怕有谁只是犯了极小的错误、水平稍微差一点，他也会暴躁，一天能在论坛上发好几次牢骚，有时还会骂人。

队友们看到隆弘这个样子，渐渐疏远了他。接着有一天，会长突然说"公会解散"，关闭了论坛。原本大家还会在Twitter 等 SNS 上互动，可现在他被所有人拉黑了，和谁都联系不上了。

"我当时真的大脑一片空白，浑身的力气都没了。我拼死拼活打游戏，他们这算什么？我整个人都蒙了。我恨他们背叛了我，不过更多的是'啊，终于结束了'这种空虚感。"

隆弘根本没有想到会以这样的方式和社交游戏告别，不过自此也逐渐摆脱了游戏对他的心理操控。然而有些东西一旦失去了，就再也找不回来了。他现在只有一个"高中肄业"的学历，加上生活方式不规律，身体也不是很好，想去找零工干也不是一件容易的事。

父母劝他去上只有半天课的自由学校，但隆弘一直没有下定决心。因为他不想再和谁走得近，不想再听到"咱们交朋友吧""一起加油吧"之类的话了。

去除"生活必需品"也不能解决问题

Angels-eyes 网站一直为患有网络成瘾症的人提供帮助，网站的运营代表远藤美季表示："在面对孩子们使用手机、依赖手机这个问题时，不少人存在误区……当孩子们热衷于 LINE、游戏时，人们容易认为错的是程序本身。家长训斥孩子'不要玩 LINE 了''别玩游戏'，觉得只要这样就可以解决问题。但这并不是问题的关键，事实上，手机已然渗透我们的生活、交友与交流。"

人们看到沉浸在手机世界里的孩子时，难免会想："他是玩得太开心了，所以停不下来。"只要把开心的部分拿走，即便孩子会反抗，至少能解决问题。

可事情并没有这么简单。孩子玩得越开心，就意味着如果有一天让他们远离手机，他们就会变得愈发不安。假设不让他们使用 LINE，他们无法联系朋友，就会更加孤单了。

这种孤单不仅是没有人陪伴，还可能是被班级、社团活动的社交圈子排挤。他们收不到群里的通知，不知道在哪儿集合、什么时候有排练，甚至被贴上"没人愿意和他做朋友"的负面标签。

"手机是好是坏我们先不谈，起码它已经成为孩子们日常生活中的必备品之一。孩子们不仅可以用手机和人聊天，利用学习类 App 增长见识，还能听音乐、看动画、搜索信息、发布信息，手机和我们的生活息息相关。对于不少青少年来说，习惯性看手机、玩着玩着就忘了时间是很自然的行为，甚至可以说是生活习惯。不要觉得重度沉迷 SNS 或者游戏的孩子是特殊的个案。事实上，'不知不觉就陷进去了''明明应该很开心但不知为什么变得痛苦''想停下却停不下来'的孩子非常多。"

尤其是近些日子，越来越多的孩子"被迫使用手机"。正如前文所述，孩子们之间的关系因为手机变得更自由了。通过手机，你可以简单地在 SNS 或者社交游戏里和任何人交朋友，与此同时，对方也拥有了更为自由、广泛的选择权。

你不知道对方什么时候会不愿意和你做朋友，为这个问题惶惶不可终日，只得不断和对方发信息、确认相互之间的亲密程度，最终深陷社交网络中。

被合群压力击溃的孩子们

此外，孩子们会陷入如此境地，大概也与来自社会、父母的压力有脱不开关系。父母不断对孩子说"要多交朋友""要和大家友好相处""大家做什么你也跟着做什么"。社会也一样，人们往往会重视"纽带"与"和谐"，追求不另类、和他人保持一致。

这种压力在网络上更加明显。其中一个例子就是"不慎躺枪"。

如果哪里发生了严重的灾害，一个人还在 SNS 上发轻松娱乐的内容，就会被指责："大灾大难面前，你这样也太没同情心了吧。"即使是亲身经历了灾难，如果在避难所化妆，也可能被嘲讽为"在避难所化妆的蠢女人"，这就是典型的"不慎躺枪"。

尽管各有各的情况，但个体的行为并不重要，一旦不迎合大家的想法，就会遭到批评。有时还不只是批评，甚至连你的姓名、学校也会被公之于众，如果是企业的话，还可能遭到联合抵制。而谴责的一方还将这种行为视作正义之举，认为排除异己是正当行为，向他人施加宛如来自"命运共同体"一样的压力。

我们再回顾一下前文出现的高中生真由子的话。

"在 SNS 上面，最重要的一点是不被周围的人讨厌。"

"自己的想法并不重要，重要的是大家希望你是什么样子的，你就得为了那个目标不断努力。"

她并没有提到网络上"不慎躺枪"这一专有名词，但表达的内容是一样的。不和周围保持一致的话，就毫无疑问会被"排除"在外。

现在的孩子们就活在这样的世界里。在他们拿着手机、和同伴一起放声大笑、愉快聊天的背后，是不知何时就会落入地狱的恐慌。

可即便如此，他们也无法放下手机，否则就无法生活。要一直和他人保持联系，战战兢兢地揣测团体气氛，想放下却无论如何也放不下来，因此也愈发无法摆脱手机。

第三章　打发空闲时间的心理

不由自主拿起了手机

我们经常能看到一边玩手机，一边做着其他事情的人，诸如看电视、吃饭、走路、等电车或者公交车的时候，随处都可以见到这样的人的身影。

当然，有人用手机是有明确目的的，比如不得不回邮件，有必须要查的资料，这样的人会有"现在，我是出于这个目的才用手机的"这一意识。

然而，也有一些人没什么特定的理由，不由自主就拿起了手机。一拿出来就开始玩，玩着玩着就忘了时间，有时明明不需要却也舍不得放下。

MMD 研究所针对手机使用者（15 岁至 59 岁，553 人）所做的《2016 年有关手机成瘾的调查》（2016 年 5 月）结果表明，10 多岁的人中有 21.6%、20 多岁的人中有 26.4%、30 多岁的人中有 21.8% 表示"确实非常依赖手机"。而且其中约两成人表示，使用手机的时间在"7 个小时以上"。

"在厕所玩手机"的人约占两成

在同一调查中，还有一个项目是"手机成瘾程度测试"，考察你在什么时候、什么地方使用手机（多选）。其中62.2%的人表示"等待的时候会玩手机"，所占比例最高。由此可以看出，不少人玩手机是为了打发时间。

此外，还有37.8%的人表示"会一边走路一边看手机"，22.8%的人表示"上厕所的时候一定会带着手机"，15.9%的人表示"吃饭时看手机已然成为习惯"。手机、生活两不误的人不在少数。

那么，人们为什么不知不觉沉迷其中，舍不得这些零碎时间呢？我们可以从以下几个方面来分析。

当然，我这里提到的是"可能导致这种现象的原因"，并非手机成瘾的明确肇因。我在第一章也说过，手机是新兴事物，至今还没有长期可靠的研究可以证明，过度使用手机会对我们的身心、生活造成怎样的影响。

从几年前开始，人们就对"网络成瘾"现象展开调查，主要调查对象是玩PC端网络游戏上瘾的人。由于手机和电脑在便携性、操作性等方面差异很大，网络成瘾的肇因并不一定能完全套用在手机成瘾上。

所以在这里，我想参考以往有关药物、酒精成瘾者的心理调查以及近年来关于网络成瘾的调查，再加上手机特有的便利特征，来探讨"人们为什么会沉迷手机"这一现象。

手机成瘾的三大原因

著有《全面解析成瘾》(讲谈社)等多部作品的医学博士广中直行对药物及酒精成瘾有着非常深入的研究。他在谈到人们为什么会沉迷于手机时，说："我认为主要原因有三个。第一是方便获取，第二是与身体的感觉十分契合，第三是容易获得感官上的刺激。"

我们分别来看一看广中博士提到的三个原因。首先是方便获取，大家不妨想一想香烟和酒精成瘾的情况，就很容易理解了——很简单就能拿到手的东西往往容易让人产生依赖。

广中博士曾对吸烟者做过一个有关香烟的实验，调查人们究竟在什么时候才会想吸烟。具体来说，在吸烟者想要吸烟时，请他们按下手机内置 App 中的按钮，记录当时的时间、情景以及心情。这一过程需要花费不到 30 秒的时间。

实验并没有要求参与者"不吸烟"，只是让他们在吸烟前增加一道程序，但仅仅多了这一步，就大大降低了吸烟频率。而且在实验结束后的一段时间里，参与者的吸烟频率也没有恢复。

"这种情况并不局限于吸烟。比如过食，即吃得太饱也是一样的。有人吃零食会吃得很多，因为拆开袋子就能放进嘴里。但如果让这些人吃开心果，每个都带硬壳，他们就会吃得少了。也就是说，越麻烦的东西越不容易让人产生依赖，相反，手机这种方便获取的东西就容易让人上瘾。而且它已经深入我们的生活，想要戒掉确实很难。"

手机不占地方，又随时可以使用。在人满为患的上下班电车里想要吸烟或者喝酒是不太可能了，但是不妨碍你看手机。

另一方面，电脑又怎样呢？人们操作电脑时相对麻烦一些，你需要坐在电脑前，打开电源，移动鼠标。更不用说带着电脑去厕所，一边走路一边玩电脑，单手操作电脑了。如果将手机比作打开袋子抓着就能吃的零食，那么电脑就是带有硬壳的开心果。

这么一来，与依托电脑的"网络成瘾"相比，"手机成瘾"的人可能更多。手机可以渗透到我们生活的各个方面，在我们没有察觉时对我们的身心健康造成影响。

成瘾的本质是强烈的欲望

广中博士在谈到第二个原因"与身体的感觉十分契合"时，这样说道："手机的操作与身体的动作，尤其与手指的动作是联动的，你在玩手机时，只需用手指点击、滑动屏幕即可。有关动作的记忆被储藏在大脑的纹状体里，人们不需特意去记它，就能掌握，进而成为日常习惯之一。"

这种手指或者手、脚等身体的一部分参与的动作一旦被掌握，下次需要时即可自动浮现出来。比如骑自行车，只要学会控制把手和平衡，下次骑车时即便不刻意回想动作要领，也能骑起来。手机同理，只要"用手指触碰、按压就能操作"被身体记忆接受，下次使用手机时也无需重复回忆即可操作。

"在电脑刚问世时，人们需要通过输入代码指令来控制它。直到后来只需点击鼠标即可轻易完成操作，电脑才一下子普及起来。手机在这方面比电脑更先进，动一动手指就可以了。这种手指与手机的简单联动，即使不熟悉机械的幼儿、老人也能轻松掌握，所以才能成为人们的习惯。当然，如果只是成为习惯，也不会构成什么大问题，但人们在使用手机时很容易获得刺激与快感。有趣、开心，甚至期待着接下来会有更精彩的内容。这么一来就不能说是习惯了，更想要、更想玩这种心情会变得愈发强烈。"

成瘾的本质，是"想要"这种强烈的欲望。人们在想要获取某样东西时产生强烈的需求，不能通过自己的意志来控制。

在使用手机时，人们的欲望大概没有这么严重。但即便没到"成瘾"的地步，我们也不得不承认，越来越多的人会因为失去手机而感到不安，使用时也难以节制。

在上述调查中，也有一部分人认为"没了手机一天都过不下去""如果手机不在身边，就会觉得心慌"。另外，有39.1%的20多岁的人及55.5%的30多岁的人表示"曾有过外出时忘带手机而回家拿的经历"。

存在是必需的，联系也是必需的

广中博士还表示："有关手机成瘾的研究尚不完善，但和药物成瘾相比，电脑成瘾的戒断症状 ① 出现得更早。"为什么会出现这种情况呢？也许是因为我们时刻想要和他人保持联系。

---

① 指停止使用药物或减少使用剂量或使用拮抗剂占据受体后所出现的特殊心理生理症状群，表现为兴奋、失眠、流泪、流涕、出汗、震颤、呕吐、腹泻，甚至虚脱、意识丧失等。

如果每天都要使用的电脑有一天突然坏了，连接不上网络，正在处理的资料无法保存——一旦出现这种状况，我想大多数人都会感到焦虑、不安。人们很容易陷入这样的心理：先不管其他的工作，总之先把网络连上，修好电脑，否则简直闹心。"网络等同于时刻保持联系"这种固有意识让我们产生了短暂的戒断症状。

理所当然的事情如果出现偏差，人们就会变得非常惶恐。要是电脑坏的这段时间里错过了重要信息怎么办，要是收不到必要的邮件失去了别人对我的信任怎么办，自然而然就焦虑了起来。

也许正是这种不安，导致了"没了手机一天都过不下去"这一想法的出现。收集信息、与他人联络、管理日程表、通讯簿、交通导航，手机统一管理着和我们生活息息相关的各类应用，失去它们会让我们倍感恐慌。

美国心理学家詹姆斯·吉布森曾提出"可供性"这一概念，从英语词"afford"（提供、给予）引申而来。这一假说认为，以人类为代表的生物认知世界，并非是通过神经的信息处理完成的，而是从外界环境中获取信息完成的。

比如，在装有罐装饮料的自动贩卖机旁边，摆了一个开有两个圆孔的箱子。即便圆孔前面没有写"请把易拉罐丢进来"，我们也明白"要把喝完的饮料罐丢进那个圆孔里""这个箱子是垃圾箱"。这是因为"这里有一个开着孔的箱子"这一外界环境，给了（afford）我们"丢弃"的信号。

"如果将可供性理论套在手机的使用上，就相当于即便不用看说明手册，屏幕上各个 App 的图标也会向我们传递着

'点这里'的信息。和一般的机械、器具相比，手机明显有着更直观的操作方法。从这个意义上来说，它也和身体的感觉更契合。"

人类无法忍受无聊

第三个主要原因是"感官上的刺激"。人们在使用手机时，会获得视觉、听觉上的刺激。每当收到信息，屏幕上就会显示文字或者图片，手机也会响起提示音。我们平时经常重复看和听的过程，因而也接受了很多刺激。

事实上，人类无法忍受过于单调的生活。1950年至1960年间，不少研究人员做过心理学实验，将一个人放在没有任何外部刺激的环境中，看看他会发生什么样的变化。

1956年，心理学家赫伦（W. Heron）在《科学美国人》杂志上公布了以下实验结果。他们付给大学生志愿者高昂的实验报酬后，让他们独自进入一间房间，躺在床上。房间是隔音的，这些大学生需要佩戴打高尔夫球时戴的那种半透明眼镜，套着手套和袖套，枕在橡胶枕头上。

实验对象们在"安静的环境中躺着"，几个小时后就变得烦躁不安，再之后会出现幻觉或者幻听，自言自语、吹口哨。研究者认为，这是因为他们处于没有刺激的环境下，想人为制造刺激。

赫伦基于实验结果，提出了"无聊的病理"这一概念。但由于他们的实验可能对实验对象造成影响，危险性很高，所以现在被禁止了。

即便如此，通过当年的一系列实验，我们不难看出，想要维持正常心理状态、认知机能，刺激是必须的。人们会试图从外界获取刺激，甚至会自发创造刺激。

所以当人们站在长长的队伍中等候时，与其"干站着"，人们更倾向于抽烟、和周围的人交谈、从口袋里拿出手机看，以此获得刺激。

尤其是现在，我们不可能随时随地抽烟，也不适合随便和陌生人聊天，为了排遣寂寞和无聊，手机是最合适的消遣方法。

"人们热衷玩手机，可能也与当下的社会环境有关。如今的社会对人们的限制很多，对很多行为并不宽容，现实生活中更难维持友谊。就我个人来说，除了刚才那三条，没有心灵的归宿也是导致沉迷手机的原因之一。人们无法在现实生活里得到充实感、满足感，反而觉得愈发不安与闭塞，所以才想要逃避现实，转而投向手机。"

广中博士一直在研究酒精、药物的成瘾问题，他说："酒精成瘾的人并不一定真的喜欢喝酒。"他们并不是因为喜欢喝酒、觉得酒好喝所以才喝醉，而是"为了醉而醉"。

简单来说，就是想通过酒精麻痹自己，忘记现实。他们或孤独，或自卑，或心里藏着不好解决的问题，为了忘掉这样的自己，只能酗酒。

如果将这种心理套用于玩手机或者上网时，我们不能随便说一个人究竟是真的深陷其中，还是单纯的使用过度，这也许和每个人的生存环境、性格倾向，甚至社会环境有关。

那么究竟什么样的人才是真的网络成瘾？我们来看一下几

年来的调查研究。

有关网络成瘾的 8 项检查清单

首先，我们来看东京大学大学院情报学环研究所的桥元良明教授和总务省 ① 信息通信政策研究所的共同研究。

《2015 年有关信息通信媒体的使用时间与信息行动的调查报告》（2016 年 8 月）显示，10 多岁的人中有 13.7%，20 多岁的人中有 7.3%，30 多岁的人中有 4.4%，40 多岁的人中有 2.3%，50 多岁的人中有 1.2%，60 多岁的人中有 0.3% 存在"成瘾倾向"。

其中 10 多岁的人的成瘾比例异常显著，而且相较于前一年（2014 年）不过 2.9% 的比例，一年内增加到 4 倍以上。在谈到调查结果时，桥元教授是这样表述的：

"年轻人之所以会出现这样的情况，我觉得大概和使用手机脱不开关系。手机很容易拿起来，更容易玩着玩着就停不下来。越来越多的人将上网视为一种常态，他们不能凭借意志控制自己上不上网。但如果使用手机已经成为日常行为之一，这种自我约束就变得可有可无。那么究竟是真的沉迷，还是单纯过度使用手机，事实上我们很难依据现有的尺度进行判断。"

那么，在检测"网络成瘾"时，采取了哪种标准呢？现行的各种调查中最常使用的是"金伯利·杨（Kimberly Young）

---

① 日本中央省厅之一，所管业务相当广泛，包括地方自治监理、行政机关事务统筹、消防、选举管理、通讯传播管理、国势与施政统计等，功能类似其他国家的内政部。

网瘾测试表"。

美国心理学家金伯利·杨于1996年、1998年分别发表了检测网瘾8项标准（Young 8）、20项标准（Young 20）的问卷。在有关网络成瘾的调查中，她设置了下列8个问题：

① 你经常想着上网吗？（是否经常想起上网时的活动情景，并期待下次上网）【投入感】

② 你觉得有必要增加上网时间来满足自己吗？【耐久性（麻痹）】

③ 你曾试图减少上网时间，但都失败了吗？【无法控制】

④ 你试着离开网络，会觉得烦躁、意志消沉吗？【戒断症状（脱瘾）】

⑤ 你是否花在网上的时间比预期要长？【时间】

⑥ 你是否因为网络而忽视了职场、学校里的重要人际关系？【对现实生活造成的影响】

⑦ 你是否对家人、心理医生隐瞒了上网行为？【隐瞒】

⑧ 你是否是为了逃避现实、舒缓负面情绪（无力感、罪恶感、担忧、抑郁等）才上网的？【逃避现实】

金伯利·杨认为，如果上述8项中有5项满足，就属于网络成瘾。刚才提到的桥元良明教授和总务省的共同研究中"有成瘾倾向"指的就是满足5项条件及以上的人。

"在网络成瘾中，最重要的是③无法控制、④戒断症状和⑥对现实生活造成的影响。这其中的任何一项都可能破坏现实生活，影响身心健康，导致比如失业、远离家庭、昼夜颠倒、睡眠障碍、暴力或者出言不逊、乱花钱致使经济出现问题等。"

需要展开新的调查

桥元教授研究的"网络成瘾"现象确实可能会引发严重问题，但正如前文所述，"很难依据现有的尺度进行判断"也是事实。这有以下几个原因。

"虽然针对网络成瘾现象，人们开展了各种各样的调查，但从结果来看，得出的结论并不一致。有的调查给出的比例很高，而有的则很低。这是为什么呢？首先是进行统计抽样的群体差别很大。以普通人为调查对象，还是以学生等属性限定的人为调查对象，结论肯定不一样。此外，就算都按照'金伯利·杨的判断标准'，回答问题的还是被调查者本人。真正成瘾的人可能不觉得自己成瘾，反而将上网视为正常的行为之一。如果考虑到这些因素，那么网络成瘾究竟可不可以测量出来，也许还需要进一步讨论。"

尤其是在手机已然成为生活必需品的当下，桥元教授认为，我们应该重视的并非"有没有沉迷手机的意识"，而是"沉迷手机会给我们的生活带来怎样的危害"。比如"金伯利·杨网瘾测试表"中的"你是否花在网上的时间比预期要长"，我想大多数手机使用者都会回答"是的"。

也就是说，与其问他们"你自己是不是这样使用的"这类自我认知方面的问题，不如问他们"是否给别人带去困扰""是否给生活、人生带来严重影响"之类的客观事实更有效。存在"明知道有负面影响，但依然无法控制自己"的状况才是真正的成瘾。

"如今，把手机当手表，用手机看新闻、查天气等行为早已见怪不怪了。如果邮件、SNS 的消息不断弹出，那么花在手机上的时间比预期要长也是可以理解的。这究竟是否可以成为判断成瘾的依据之一，是我们需要思考的问题。此外，依照以往的判断标准，我们无法识别成瘾的类型。虽说都是'成瘾'，但是是沉迷游戏，还是过度热衷 SNS，其背景、潜在问题、应对措施也都不一样。"

不断有新的 App、内容产品出现在我们面前，功能也在不断进化，潮流不断更新，网络环境日新月异。到底是谁，以怎样的方式，因为什么而成瘾？为了更好地厘清现状，以下拟分门别类进行讨论。

桥元教授是这样分类的：在线游戏（网络游戏）成瘾、社交（SNS）成瘾、内容产品成瘾、赌博参与型 App 成瘾。

真正沉迷的人将上网视为正常的行为

在线游戏（网络游戏）成瘾指的是沉迷网络游戏，即通过互联网，与他人一起进行的游戏。过去，玩 PC 端游戏的人很多，而现在，手机游戏逐渐变成主流。

社交（SNS）成瘾指的是难以从 LINE、Twitter 等社交网络中抽身，对于尤其重视和周围人保持一致的日本人来说，这种现象很常见。

内容产品成瘾指的是并没有什么特定目的，一直刷动画网站或者博客。主要由空闲时间过多或失去生活目标导致。

赌博参与型 App 成瘾指的是过度沉迷竞拍或者抽卡（手游里的抽奖），以致花费了大量钱财。

在这些不同类型的成瘾中，在线游戏（网络游戏）成瘾从2000 年初开始便成为了"网络成瘾"的代名词。因为以前只有 PC 端的网游等非常有限的东西才会让人陷入"明知道有负面影响，但依然无法控制自己"的状态。所以，迄今为止展开的调查、研究，基本都是以网络游戏成瘾者为对象的。

2010 年，我写过一本名为《网游废女》(Leaders Note 出版社）的书，讲的是一群因为网络游戏成瘾而造成家庭破碎的女性。这里的网游是网络游戏的统称，废女是"沉迷游戏甚至达到'废人'程度的女性"。

她们并不抵触被称作"废人"，相反还以积极态度对其加以肯定，这令我十分震惊。前文中提到过，"废人"也被称作"废神"，被游戏里的同伴尊敬、羡慕。她们本人颇有成就感，"能玩到现在确实花费了很多精力""站在游戏世界的顶端了"，在采访时也积极和我分享她们的辛苦和喜悦。

当时有一名 37 岁的主妇能同时操作 5 台电脑玩《网络创世纪》①《无尽的任务》②。结婚 10 年来，她一直沉迷网络游戏，基本不外出。她在窗帘紧闭的屋子里吃着泡面，每天有十几个小时都泡在游戏里。

她的视力因为玩游戏变得很差，最终做了准分子激光手

---

① UO、Ultima Online，由 Origin 公司以其游戏创世纪（Ultima）系列产品为背景所研发的一款图形大型多人在线角色扮演游戏。
② Ever Quest，一款由美国索尼在线娱乐 SOE 研发的大型多人在线角色扮演游戏。

术。由于每天长时间坐在电脑前，还患上了腰椎间盘突出。但即便如此，她也从没想过放弃游戏。

她不做家务，也不愿意生孩子，现实生活一塌糊涂，却始终对自己游戏"废人"的身份持肯定态度。刚才桥元教授提到的"真正沉迷的人会将上网视为正常的行为"，这位主妇可以说是非常典型的例子。

沉迷游戏者生活往往会出现问题，因此也很容易被识别出来。整日坐在电脑前，饮食不正常，不论在谁看来，这种状态都很危险。所以它才成了网络成瘾的代名词，成为人们调查、研究的对象。

但是，手游的情况就不同了。比如上一章提到的社交游戏，和电脑游戏相比，手游的设定、玩法更简单，即便玩家没有高超的技巧也可以享受游戏的乐趣，玩一次也不需要花费很长时间。综合来看，手游更适合"打发无聊时间""填补空闲时间"。

是否逃避现实是分水岭

大概有不少人觉得，只是打发无聊时间，不会有什么大问题，更不会上瘾。我自己其实没事的时候也会玩一玩手机游戏，但从没想过自己会沉迷其中。

然而事实并非如此，打发时间有时也会发展为"成瘾"。我们可以看一看"金伯利·杨网瘾测试表"中提到的"逃避现实"这一条，即"逃避式使用""逃避式行为"。

在解释"逃避式使用""逃避式行为"之前，我们可以先想一想"吃"这一行为。包括人类在内的生物如果想要活下去，就必须进食。"肚子饿了，要吃东西"是天经地义的事情，所以这种意义上的"吃"并不属于上瘾。

也有一种"吃"是出于自身的愿望："食物看上去不错所以想尝尝""这家店评价不错所以想试试"。比如你去了一家购物中心的美食街，很多店家都在门口摆着菜品照片，其实肚子并不怎么饿，但想着"既然来了就吃吧"，于是就走进去了。这种"其实不吃也可以结果吃了"的行为是导致成瘾的第二阶段。

第三阶段则是为了"逃避"而吃东西。为了排遣糟糕的心情、无聊或者压力而选择进食，也就是"暴饮暴食"。

人在暴饮暴食时，并不会甄选食物，也不会仔细品尝。人们在"吃"的过程中获得刺激、兴奋，试图暂时从现实中逃避出来。如果是一时的暴饮暴食还好，持久卜去就可能患上暴食症。

如果我们将"吃"这一行为和使用手机进行类比，那么第一阶段指的就是有需要才会用手机。邮件来了会回复，有想要查的东西就去上网查，这并不算成瘾。

第二阶段指的是出于自身愿望，比如想娱乐、想放松。因为没有明确的目的，所以不由自主看一看 SNS，玩一玩游戏。这种程度其实也还好，不过倘若一直这样下去，就很有可能发展出问题。

第三阶段指的是没有明确目的，也感觉不到快乐却一直玩手机。为了逃避不愉快的事情或者压力，慢慢就会演变成"没有手机活不下去""不玩游戏就静不下心"。

即便本人只是为了打发无聊时间、填补空闲时间，但事实上，这已经对他的工作、社会生活、人际关系造成了影响。迟到、作业不会写、和家人吵架，越来越多的问题接踵而至。

然而，为了从这样的生活里逃出去，他们会越陷越深。特别是社交游戏，人们容易从中感受到刺激、兴奋以及和队友一起战斗的成就感。当想要逃避不顺心的现实生活时，它会成为优先选择的对象。

这一点其实与大脑的"犒赏"系统有关。

记住快感体验，进而采取行动

和桥元教授一起进行网络成瘾调查研究的东京大学大学院信息学府博士生堀川裕介是这样解释人为什么会成瘾的：

"脑干是大脑的中枢，脑干中有一个区域被称作'中脑腹侧被盖区'，神经通过这里向大脑的各个部分传输多巴胺这一神经传导物质。多巴胺的传递会让人产生快感，由多巴胺神经连接起来的网络被称作脑内'犒赏'系统。直接作用于人身上的刺激可以促进多巴胺的分泌，想象中可能给人带来快感的事物同样也会如此。"

"犒赏"系统又被称作多巴胺神经系统（A10 神经系统），将中脑腹侧被盖区、前额叶皮质、前扣带皮质、杏仁核、伏隔核、新纹状体、海马体如网络一般联结在一起。前额叶皮质掌管伦理性思考和判断，前扣带皮质和杏仁核掌管情绪及价值判断，伏隔核将欲望转化为行动，新纹状体和海马体掌管学习和记忆。它们一起工作，大脑就会感知某种刺激可以给人带来愉悦或快乐，从而为了获取更多的快感，做出相应行为。

为什么它们可以在"预期"阶段产生作用呢？就拿社交游戏来说，并非只有实际操作游戏时获得了稀有物品才会促使多巴胺神经系统活跃，"现在也许可以获得稀有物品"这一预期的想法同样也可以。

"以前我就碰到过""上次就是这样的"这种信息被储存在前额叶皮质、海马体中，促使人们产生"想再体验一下""这次也一定可以"的情绪，进而转化为实际行动。这种行为与快感不断重复、结合，慢慢就形成了"习惯"。

就算不玩社交游戏，也有不少人会时常查看邮件、不断在SNS上留言、不停浏览动画网站或者购物网站吧？乍一看不过是打发零碎时间，实际则是不断轻微尝试上述刺激与快感的体验。

"自己的博客有很多人留言""曾经在这个网站上买到过划算的商品""之前在这里看过动画，觉得很开心"，人们尝到过甜头，从而期待"下次没准也能获得同样的甜头"，进而刺激脑内的犒赏系统活跃起来。

此外，除了满足感，兴奋也可以驱使人们为了某个目标，去做某些事情。

"人会记忆快感体验，也就是说在某种特定环境下曾获得某种犒赏的体验，就会为了这个目标行动起来。有目标才有动力，相反，曾经的失败、不开心也会被大脑记录，人就会努力避免再次发生同样的事情。换言之，前一种行为是基于'正犒赏'，而后者是基于'负犒赏'。"

正犒赏与负犒赏

　　刚才列举的在线游戏（网络游戏）成瘾、社交（SNS）成瘾、内容产品成瘾、赌博参与型 App 成瘾其实都包括正负犒赏。具体展开如下。

- **在线游戏（网络游戏）成瘾**

  正犒赏　得到他人的尊重、承认、关注　与现实不同的自己（设定的角色、虚拟形象）被视作英雄　等级上升的成就感

  负犒赏　"中途退场""登录频率降低"而导致跟不上同伴进度的惶恐　怕自己退出游戏会给他人带来麻烦的责任感、罪恶感

- **社交（SNS）成瘾**

  正犒赏　治愈孤独　满足自我表现欲望

  负犒赏　孤独不安　害怕别人在背后说自己坏话　害怕被群组排斥

- **内容产品成瘾**

  正犒赏　满足好奇心、欲望　持续的娱乐刺激

  负犒赏　担心不上网就无法享受这种体验

- **赌博参与型 App 成瘾**

  正犒赏　获得财富（满足收集欲、收集物品）

  负犒赏　如果不继续下去，会对之前出现的损失而产生罪恶感

虽然各类型不尽相同，但简单来说，"正犒赏"就是"获得什么"，"负犒赏"就是"失去什么"。不过这种状态并不只存在于使用网络或手机时，我们日常生活中也经常能遇到。

努力工作会得到奖金、努力学习能提高成绩，这些也是"正犒赏"。正是因为有了"犒赏"，所以人们才会设定更高的目标、才会更加努力。但在实际生活中，"工作成瘾""学习成瘾"的人比较少。

那么，现实生活中获得的犒赏和游戏、SNS 里获得的犒赏有什么不同呢？

人们很容易通过手机获得"犒赏"

在现实生活里，付出与收获并不一定相等。明明比别人干的活多却拿不到奖金，明明努力了却考不上理想的学校，付出与收获不成比例，或者说失望、灰心的时候更多。简而言之，我们在现实生活里很难获得"犒赏"。

而在上网、使用手机时情况就不一样了。你不需要付出多大的努力，就可获得回报。打开 App 即可玩到有趣的游戏、看到精彩的动画、得到朋友的认可。

不过，想要从中获取回报是有一定"条件"的，不是每次，或者说经常可以享受到乐趣，而是"偶尔中一回""有时能获取"。

比如社交游戏，大多数社交游戏一开始是免费的。但并不是说不花钱就只能获取无聊的内容，这会让人很快产生厌倦。偶尔能在游戏里获得一件稀有道具，如果一直玩下去还会增长积分。

"抽卡"就是这样一种机制。抽几次或者几十次，就有可能中大奖。根据游戏的不同，你会进入隐藏房间，获得宝箱、邂逅神秘角色之类的，这会让人兴奋。玩家也会觉得"偶尔运气能好一次"。

再举个更贴近生活的例子，你在浏览 Twitter、LINE 等 SNS 或者新闻网站时，并不是所有的留言、评论、内容都让你觉得很感兴趣，但不经意也能发觉特别有意思的东西。

也许 30 次浏览中有 29 次都没有意义，但唯一有用的那条就会抓住你的眼球。这其实也是一种快感，会给人带来兴奋。

"虽然'中奖'的概率不高，但正因为有期待，所以人们才很难放下。"堀川说，"操作性条件反射是网络成瘾的原因之一，人在某种刺激下做出某种行为可能会获得犒赏，也可能会得到惩罚。比如玩游戏时，如果做出某一行动获得了稀有道具，那么人们会自发继续那种行动。虽然并非每次行动都会获得报酬，可就是这种偶然性激励着人们坚持下去。"

就算这次没有中，但下次没准就中了；并不是每一次都有收获，即便这次无功而返，只要坚持下去也许就有收获……我们正是被这种期待驱使着。反过来，"如果不继续下去就亏了""可能会失去同伴"的想法也会促使我们做出行动。

"概率型奖励"会加重成瘾程度

我们试着通过美国心理学家伯尔赫斯·弗雷德里克·斯

金纳的实验来解释"操作性条件反射"。我们可以通过实验对象在做出某一行为之后给予奖励的方法,掌握该行为出现的频率。

①　将实验用小白鼠分成两组。一组只要按压杠杆就能获得食物,另一组是按压杠杆偶尔可以获得食物。分别让两组小白鼠记住"食物会一直出现"和"食物会偶尔出现"。

②　在小白鼠学会上述技能后,将装置调整为"不论怎么按压杠杆都不会掉出食物"。

③　"食物会一直出现"组的小白鼠在发现无法继续获取食物时,认为"不会继续掉出食物",故而不再按压杠杆。

④　"食物会偶尔出现"组的小白鼠会认为"下次也许还会掉落食物",继续按压杠杆。

这被称作"部分强化","部分"指的是"偶尔出现","强化"指的是"掉出食物"。在小白鼠看来,"原本就是偶尔掉落食物,就算这次没有,下次也许就有了",它们这样期待着,才一直按压杠杆。

如果我们将"斯金纳箱"中的小白鼠换成沉迷社交游戏的玩家,"强化"就是稀有道具、积分、来自其他玩家的赞赏之类的奖赏。

"下一次一定能中大奖""如果现在放弃了那么之前氪的金都浪费了",玩家有了这样的想法,才会越陷越深。

此外，"强化"的出现频率也是导致成瘾的因素之一。一般来说，奖励是"固定出现"或者"随机出现"的。放在社交游戏里，前者相当于抽 5 次卡能中 5 次；而后者相当于奖励是随机出现的，有时抽 3 次中 2 次，有时抽 10 次也不中 1 次。

这两者虽说都是"概率性奖励"，但后者给人的冲击力更大。玩家每次抽卡时都会既期待又紧张，使他们更难以从社交游戏中脱身而出。

这种不固定的"强化"（奖赏）模式，同样适用于对人的心理支配。虽然这和网络成瘾没什么关系，但我也想借此机会聊一聊。

比如夫妻之间的家庭暴力。

妻子被丈夫殴打、痛骂，长期处于一种心理支配下。明明自己是受害者，却不断自责"错的是我，我应该对丈夫更上心一些"，一味迁就丈夫。

为什么妻子会出现这样被动的状态呢？是因为丈夫在有意识地"改变正确的标准"。即使是同样味道的饭菜，他有时会褒奖"真好吃"，有时会谩骂"这是人吃的吗"。饭菜好不好吃并不是问题的关键，关键是作为家庭关系中强者一方的丈夫不断改变标准，迫使妻子不得不迎合自己。

长此以往，妻子就会产生混乱，不知道怎么做才是对的，怎么样才能不挨打，继而情绪紧张起来。对于嘉奖的期待与对于暴力的恐惧交织在一起，让妻子始终处于惶恐不安的状态。

一直处于这种压力下的妻子一旦感受到平时动辄冷言相

对的人偶尔流露出的温柔，这份温柔就会被极度扩大。"明明自己做得不够好，丈夫却这样对我"，妻子这样想着，愈发陷入支配与从属的关系里，也更难从悲惨的婚姻生活中逃脱出去。

"获得耐药性"的陷阱

"获得耐药性"是网络、手机成瘾的另一原因。堀川解释如下。

"即便是同一种刺激，接受得多了也会慢慢失去快感。一个人在频繁接受刺激的过程中产生耐药性，如果没有更强烈的刺激，就无法继续获得兴奋，这就是'获得耐药性'。如果这种状态持续下去，他会认为获得刺激才是常态，一旦失去刺激就会感到痛苦，难以保持平常心。在成瘾行为中，人们想要去除痛苦的愿望非常强烈。这是因为和得不到快感相比，无法逃避的痛苦更为可怕。"

即便没有快感，我们也能活下去，不喝酒、不做爱，并不会对生命造成影响。

然而痛苦有时可能会招致生命危险。人们为了避开险境，会更加拼命地采取行动。比如，炎炎夏日里想要找地方避暑、喝冷饮，也是因为如果不从"炎热"这个危险中逃出去，就可能出现生命危险。

人们频繁接受网络、手机带来的刺激，进而产生耐药性。如果一个人到了"不玩就难受"的地步，那么与其说他是从中寻求乐趣，不如说是为了逃避痛苦。

成瘾的三大对象

一般来说，成瘾的对象大体可以分为三种。一是物质成瘾，比如酒精、药物、香烟、食物等，人们在摄取的过程中获得快乐及刺激，从而对该物质十分执着。

二是过程成瘾，比如赌博、购物、上网、玩游戏等，人们追求的是进行过程（process）中的兴奋与刺激，执着于行为本身。打个比方，"购物"成瘾的人并不是想要新衣服，而是想要"购物过程中获得的刺激"，所以才会一直买个不停。

三是人际关系成瘾，他们或许沉溺于和某个特定之人的关系，或者执着于扭曲的人际关系而不想失去彼此。比如，一些人会跟踪别人是出于他以为的"爱情"。前文所说的家庭暴力，也属于人际关系成瘾的一种。

在上述三种情况里，物质成瘾是物质本身会激发大脑的"犒赏"系统。例如，香烟中的尼古丁成分会作用于大脑中枢（边缘系统①）的核。这一部分掌管食欲等本能，在受到刺激后，会让人产生类似吃饱后的满足感，让人觉得放松。

通过这种方式，人们从摄取到的成瘾物质中获得快感、预期快感，刺激大脑。简而言之，物质是激活犒赏系统的关键。

另一方面，对网络、游戏等过程成瘾的人是为了"追求过程中的刺激、兴奋"而执着于行为本身。手机成瘾者之所以离

---

① 指高等脊椎动物中枢神经系统中由古皮层、旧皮层演化成的大脑组织以及和这些组织有密切联系的神经结构和核团的总称，参与调解本能和情感行为。

不开手机，正是因为享受从手机游戏、SNS 中获得刺激的过程，比如在游戏里击败强敌、和不认识的人聊得热火朝天。

与赌博成瘾的关系

此外，"想要追回损失"的心理也有一定影响。赌博成瘾和网络、游戏成瘾同属"过程成瘾"，迄今已有不少相关研究，其中值得我们注意的是"为了追回损失才去赌博"这一心理特征。

损失一定金额的钱比获得相同数额的钱给人的冲击力大，比如与得到了 10 万日元相比，你大概更在意怎么取回失去的 10 万日元。

对于不赌博的人来说，相比于工资里多了 1 万日元，他恐怕更容易记得曾经丢过一个装着 1 万日元的钱包。

赌博成瘾还和"冲动"这一心理关联紧密。一提到冲动，人们很容易想到"做事鲁莽，立刻采取行动，头脑充血"等情况，但这里的"冲动"指的是"现在就想得到"这一强烈要求。

举个例子，假如现在有两个选择，一个是"5 年后可以拿到 10 万"，另一个是"现在立刻可以拿到 7 万"。也许有人会想，如果 1 年就等了，可 5 年也太长了，于是选择了后者。然而如果换成"2 年后可以拿到 10 万"，他可能就改变想法了——"那就等一等吧"。

这种依据等待时间的变化而改变选择的现象叫做"偏好反转"。赌博成瘾的人会更容易出现"反转"，他们"一刻都等不了了，现在就想要"。

虽然我们不能完全将赌博成瘾的研究套用在手机成瘾上，但至少对于具有这种心理的人来说，手机无疑是一个完美的选择。

即便是碎片时间，他们也想在这点时间里做些什么。与其等回到家里，认认真真查资料，不如趁着空闲，随便看一看手机里的简单内容。有这种想法的人恐怕不在少数。

而在使用 SNS 时，他们也会觉得仿佛有人不停催促他一样，看到新消息就必须回复。如果此前他曾因没有及时回复而被朋友疏远，受过"损失"，这种想法就更明显了。

为什么人们会追求"点赞"？

网络、游戏成瘾被归为"过程成瘾"，但从过程中获得的刺激也有可能招致"人际关系成瘾"。

比如在社交游戏里，玩家需要和他人组队，团结起来应对敌人。你在游戏里下功夫就能受到别人的赞美、获取他人的信任。在 SNS 上你可以一直和很多人保持联系，得到他人的认可、褒奖以及"点赞"。

从他人那里获得认可与褒奖被称为"社会性犒赏"，是激活脑内"犒赏系统"的主要原因之一。

2016 年，加州大学洛杉矶分校阿曼森-洛夫莱斯大脑研究中心（Ahmanson-Lovelace Brain Mapping Center）的劳伦·谢尔曼（Lauren Sherman）所属的研究团队做了一项实验，得出结论——SNS 上的"赞"对中学生的大脑有很大的影响。（参见在线版《心理科学》[*Psychological Science*]）

研究人员向 32 名实验对象（13 岁至 18 岁）展示了 148 张照片（其中有 40 张是这些学生自己提供的），并利用功能磁共振成像技术（fMRI）观测他们看到"点赞"之后的大脑状态。实验结果显示，大脑的"犒赏系统"非常活跃。

"点赞"是他人对你的认可，虽然并不能给你带来收入或赏金等具体报酬，然而来自他人的认同这一"社会性犒赏"也能激活脑内的"犒赏系统"，使你获得"合群快感"。一个人会想要得到更多的"赞"，期待下次也能得到他人的认可。

事实上，人本来就容易被相似的人、与自己有共同点的人吸引。当你身处海外，被外国人包围时，偶尔在路上碰到本国同胞，就会觉得亲切，即便你根本不认识他。

此外，当一个人处于亢奋状态时，也会被周围的人吸引。比如当你在国外参加庆典活动时，即便身边的人和你有着不同的语言背景、文化背景，你们也能成为朋友。

然而在这一过程中，除了能交到朋友，能感受到融入集体的快乐，你还可能面临"压力"——你需要和大家一起行动，需要和他人保持一致。

在这种压力下，你很难从中抽身。比如即使在 SNS 上看到了不适合观看的内容（未成年饮酒、相互攀比等），要是朋友们都在"点赞"，你就很难明确表示反对。即便你厌倦了每天要和别人聊个不停，也不能直截了当地退出。

因为你一旦成为"另类"，就可能被排挤甚至失去朋友，这会让人感到不安和痛苦。

大脑在寻求"联系"

2013 年，美国的脑神经学者马修·利伯曼（Matthew

Lieberman）与直美·艾森伯格（Naomi Eisenberger）一起，在《社交天性：人类社交的三大驱动力》(Social: *Why Our Brains Are Wired to Connect*)一书中共同发表了"人的大脑具有'寻求社会性联系'的特征"这一研究成果。

在研究中，他们要求实验对象挑战"赛博球（Cyber Ball）"这个电脑游戏。这是一个抛球游戏，原本画面中有两个人，再加上玩家，一共三个人参与。但事实上，前两个并非真人操作，只是实验对象不知道这一点。

最开始是三个人相互抛球，从某一时间点开始，电脑操作的角色不再将球抛给实验对象。换言之，就是他被排除在外了。

在这一过程中，实验对象大脑中的一部分变得十分活跃——前扣带皮质的侧面，也就是能感受到身体痛苦、疼痛的区域。通过这个实验我们可以看出，大脑感受到的"社会痛苦"其实和身体的痛苦非常接近。

利伯曼基于该结果，提出一个假说，认为社会痛苦或许等同于真实的身体疼痛。如果这一假说成立，那么人们确实会在断绝与他人的关系时感受到痛苦。而和身体痛苦相类似，大脑在感受到"社会痛苦"时，也会自然而然想要回避。

正如前文所述，在成瘾行为中，人们想要去除痛苦的愿望非常强烈。这是因为，和得不到快感相比，规避痛苦才能保障一系列生命活动的正常运作。

在SNS、社交游戏中，人们除了能获得他人的赞扬与认可，也可能遭到他人的冷落与排挤。因"社会犒赏"而兴奋的大脑会感受到"社会痛苦"，一个人为了保证在社会中生存下去，所以才难以从社交网络中抽身。

如果基于这点考虑，那么网络、手机成瘾就不仅是"过程成瘾"，更是"人际关系成瘾"。

从尝试到习惯，再到成瘾

我们总觉得玩手机是为了打发无聊时间，于是不知不觉成了"低头族"。事实证明，玩手机确实可以打发时间，不用花钱也可以玩到免费的游戏，看到有趣的动画。我们可以用手机联系家人、朋友、工作上的伙伴，也可以通过手机查询公共交通的换乘路线、明天的天气。

手机可以给我们带来快乐，给生活带来便利，帮助我们排解压力。而且从大到小所有人都在用手机，大家就会觉得，用一用也不会出什么问题，甚至会为了"不落伍"，跟风下载火爆的 App，浏览热度很高的网站。

这一点其实和香烟很类似。曾经有一段时间，吸烟十分流行，尤其是在成年男性群体中。在 1960 年到 1970 年的巅峰时期，吸烟者曾高达 80%，工作、走路、聊天，不论哪里都能看到叼着烟的人。

而对于吸烟者来说，从"尝试"到"习惯"的转变是很快的。一个人刚迈入 20 岁，可能只是出于好奇，想着吸一根试试，即便最开始被呛得难受、头昏脑涨，吸了 10 根、20 根以后就慢慢习惯了。

有点时间吸一根，大脑立马变得清醒，否则就会昏昏沉沉。尼古丁会让犒赏系统活跃起来，人们为了继续获得快感，很容易养成抽烟的习惯。

从"习惯"到"成瘾"的转变也是很快的。没有烟可以吸时，人会变得心情烦躁、坐立不安，会难以集中注意力、感到不安与莫名焦虑，这无一不是戒断症状。然而一旦成瘾，是很难凭借自己的意志戒掉的。

因为吸烟会对健康产生影响，同时也会造成二手烟等问题，如今的社会已经不提倡吸烟了。吸烟率大幅度下降，随时叼着烟的人也几乎看不到了，然而这并非个人意愿导致的结果，而是社会变化带来的改变——周围的人都不吸烟了，所以我也不吸了吧，这种心理无疑是一种压力。

人们会敏锐地捕捉到周围集体的变化，也正是这种无形的压力让他们觉得，既然大家都在用手机，我也应该用手机。

不过也不能全部归结于压力。香烟是嗜好品，你可以选择不吸，但手机是必需品，它已深入生活，你很难选择不用。

而且，吸一根烟只需要几分钟。不管你想不想结束，香烟都会在短时间内燃烧掉，这种结束是强制性的。除非你是大烟鬼，否则不可能连续几个小时不停抽烟。

但手机呢？你想关掉 LINE，可新消息层出不穷；你想离开游戏，可新的角色不断出现。新的音乐和动画会自动播放，人们很难真正放下手机。

也许刚开始抱着尝试的心情拿起手机，但不知不觉就被"无尽"的波涛吞噬了。

在下一章中，我们将会看到更多的案例。

第四章　被无尽吞噬

把手机交给年迈的父亲

当我们深入研究手机时，会发现它影响着我们生活的方方面面，不光是手机育儿、SNS 与游戏成瘾，还有对人们心理的影响、来自社会的合群压力等问题出现。

不过这些行为的主体往往是年轻人、职场人。

那么，如果将一部手机交给上了年纪的人，又会出现怎么样的情况呢？

"我至今都没想明白，为什么会发展到这个地步。要是小孩子沉迷手机也就算了，怎么也想不到竟然 70 多岁的老人也会这样。"

住在埼玉县、45 岁的非全勤工作者村山洋子（化名）满脸不解地向我吐露心声。

她所谓的"70 多岁的老人"指的是住在岐阜县老家的 73 岁的父亲。老人大概一年前开始接触手机游戏，当时喜欢玩弹珠机或者老虎机，现在沉迷对战型麻将游戏。

最初将手机交给父亲的其实是村山本人。老夫妻二人住在老家，周围人烟稀少，交通也不方便。村山以前就很关心父母的生活状况，最近几年，母亲因为骨质疏松频繁住院。父亲要陪伴、照顾母亲，还要处理不习惯的家务活，村山为了能让父亲"随时联系到自己"，于是给了老人一部手机。

父亲最初觉得手机的操作很麻烦，还是当时上高二的村山的儿子教会了外公怎么用手机。儿子属于手机盛行的一代，他出于"让外公解闷"的考虑，给外公的手机里下载了简单的弹珠机、麻将等游戏。

"父亲原本就喜欢这类游戏，也就欣然接受了。因为不需要花钱，想什么时候玩就什么时候玩，于是在照顾母亲、做家务的间隙慢慢玩了起来。最开始还是有所节制的，后来就控制不住了。他经常和我说什么'赢了''输了''我们一起玩的人都说我厉害'之类的，我根本听不懂，还以为他是不是患了老年痴呆症，甚至为此跑回过老家。"

当着关心自己的女儿的面，老父亲滔滔不绝地说着游戏里的趣事。在线麻将是四个人一边聊天一边玩的，他抑制不住兴奋地说："我可以和全国的人打麻将。""可以和已婚女性一起玩，太有意思了。"父亲为了能看清手机屏幕，甚至特意买了放大镜眼镜。

看到如此沉迷游戏、心无旁骛的父亲，村山惊愕不已。

"他一开口就是游戏。因为平时住得比较远，我也不太清楚，但据说他会觉得吃饭太浪费时间了，有时连饭都不吃。母亲、家务根本顾不上，我怕这么下去会出事，于是连忙联系了紧急护理事务所。"

由于母亲被认定为"需要护理"，所以可以去护理中心小住，也可以白天去晚上回。村山为此稍稍缓了口气，但父亲一下子没了负担，比之前更沉迷于游戏了。

"我又没有其他可以做的事""麻将就是生活的意义"，父亲一本正经地说着，无论村山怎么劝都不听。他会和游戏里的同伴闲聊，也会告诉他们自己的电话号码、生活琐事。

村山偷偷看过父亲的手机，上面记录着陌生女性的名字和电话，甚至还有"想见你""喜欢温柔的你"之类的信息。老人近来不想和女儿接触，这让村山愈发伤脑筋。

"护理中心的人和我说过，我父亲的情况其实并非个例。比如有独居的高龄男性沉迷成人动画，也有人收到诈骗短信，结果被骗到了交友平台。这些人中，有人可能是患有轻度的痴呆症或者老年抑郁症，但我父亲确实只是游戏成瘾。身体健康，有钱也有时间，纯粹是孤独，找不到生活的意义。大概就是因为太寂寞，所以才会去游戏里找慰藉吧。"

面向老年人的 App 市场日渐景气

一直以来，我们很难想象老年人会沉迷手机游戏、成人动画，但事实上并非如此。NPO 法人 Paokko 的理事长太田差惠子表示："这种情况非常有可能发生。"他们经常帮助在外工作的子女照顾家中的老人。

"老年人沉迷手机游戏——乍一听不太可能，可这种情况早在几年前就已经出现了。郊外的游戏中心聚集了不少老年人，他们整日沉浸在游戏里。护理中心的弹珠机、麻将也会吸引入住者的目光。或者是因为能从游戏里寻求刺激，找到玩伴，所以他们才会如此沉迷。而如今，他们有了手机。老年人出门相对困难，但有大把的时间。手机游戏本身不怎么花钱，在家里就能玩，还有不少免费的游戏、动画网站，对于他们来说，这是绝好的打发时间的方式。"

众所周知，日本的老龄化现象非常严重。根据总务省的统计，2016 年约有 3461 万 65 岁以上的老年人，占人口比例 27.3%，创造了历史新高。

顺便一提，不满 15 岁的人口约为 1605 万人，占比 12.6%。也就是说四个人中就有一个是老年人，数量是儿童的两倍以上。不少商家盯住了老年人这个市场，将他们视为目标用户。

2016 年 9 月，Video Research 公司曾做过一项名为《老年人与数字媒体》的调查，发现在 60 岁至 64 岁的人中，有 52.5% 的人拥有手机。65 岁至 69 岁的人中有 35%，70 岁至 74 岁的人中有 23.5%。即便过了古稀之年，也约有四分之一的人是手机用户。

而且，老年人的手机持有率还在不断攀升。65 岁至 69 岁的手机持有者比前一年增加 11%，70 岁至 74 岁的持有者比前一年增加了约 8%。

于是面向老年人的 App、商品也层出不穷，比如测量血压、增强体力的健康类 App，理财、财产继承咨询等金钱类 App，药物记录、病历记录类 App。

DeNA 公司开展了一系列业务，特别为老年人开发了一个交流平台——兴趣人俱乐部。他们的广告语是："因兴趣相识，广交好友，成年人的 SNS。"

用户可以在这里讨论旅游、运动、兴趣，他们相互留言，甚至组成各种小群。"征集 60 岁、70 岁的朋友""限定 50 岁至 90 岁的女性"，这样的小社群不在少数，网站的会员总数高达 32 万。

通过手机不断购买高额商品

一位在神奈川县某护理事务所担任护理经理的 56 岁女性，在谈到她负责照顾的老年人如何使用手机时，这样说道："最初基本都是为了和家人取得联系，等他们慢慢习惯操作之后，就开始听音乐、看动画，浏览购物、交流网站了。如果使用合理，其实也没什么，问题是越来越多的人把握不住这个度。"

她说她负责照顾的一位 70 多岁的女性每天早上一起床就开始玩手机。老人十几年前就是韩国明星的粉丝，现在也会频繁浏览相关论坛、博客、动画网站。

论坛上经常能看到"钓鱼贴"，内容夸张、可信度并不高，但老人常常信以为真，情绪也跟着波动起来，"我总在想网上的那些话，怎么也睡不着""粉丝内部争吵起来了，哎呀，我都吃不下饭了"。

慢慢地，她开始频繁购买健康产品、保健药品、空气净化器之类的东西。护工有一次发现她竟然有三副磁石手镯，问她是怎么回事，老人回答说："是朋友劝我买的。"看起来，老人是被粉丝网站上认识的一些人用花言巧语骗了。

护理经理表示，虽然她想把情况告诉老人的家人，但由于涉及隐私，如果没有征得老人的同意，就可能被当成"私下打报告"，影响到他们之间的信任关系。她一有机会就会劝老人，但迟迟没有什么改善。

此外，也有70多岁的老太太出于对老后资产运用情况的担心，想做理财，在网上搜到了面向个人的"特别咨询"服务，根据网站画面的提示操作了几步，没想到竟然收到了需要支付8万日元的邮件。

她不知道发生了什么，回信询问，结果得到回复："这是因为您下载了收费PDF。"接着又有写着"如果不支付就会对您进行起诉"的邮件，老人情急之下连忙付了钱。她对护理经理说："可我连PDF是什么都不知道呀。"

"老年人对网络的警惕性很低，很容易就相信评论里的信息或者偶尔认识的人。若是别人表现得对他们好一点，那就更不把他们当外人了。如今大家都在关注青少年手机成瘾问题，但我觉得老年人的成瘾问题更值得注意。"

近来，出现了一些老年人轻信所谓的"养生知识"放弃吃药、拒绝去医院的案例。因为事关人命，所以护理中心和医疗机构会多留个心眼，然而也做不到二十四小时盯着他们。有时出于好意给他们提建议，结果反而招致对方的愤怒。如何处理这些情况也让人伤透了脑筋。

消费者厅在《2016年消费者白皮书》中指出，与SNS有关的消费咨询正在逐日增加，2015年就有9004起，达到历年最高。如果按照年龄层划分，从2010年到2015年，30岁以下的人的咨询案例数增长到之前的约2倍，40多岁约为4倍，50多岁约为9倍，60多岁约为13倍，70岁以上约为23倍。

年龄越大，增长幅度越明显。

老人们因为孤独而去接触网络，却在不知不觉中连生活都受到了威胁。高龄"低头族"正面临着新问题。

让主妇沉迷的赚零钱网站

正如前文所述，老年人之所以会沉迷手机，离不开"出门难""不怎么花钱""空闲时间多"这几个前提条件。事实上，家庭主妇的生活也是类似的。她们做家务、照顾孩子的间隙也会想着"要是能做点什么就好了""想赚点钱补贴家用"。

有一种 App 吸引了她们的目光。

住在东海地区 ① 的秋庭纪子今年 40 岁，丈夫在运输公司上班，女儿上小学二年级。她 10 年前结婚，此后一直从事家庭主妇的工作。虽然也想过出去上班，但考虑到要照顾家人，以及丈夫换工作要跟着搬家，就没去成。大概是 4 年前，她在浏览女性向网站时无意间了解到"主妇还可以用手机做副业"这一信息。

"考虑到补贴家用以及对女儿的教育投入，我也想多少赚点钱，也就是那个时候，我开始接触积分网站。"

秋庭提到的积分网站，又名"赚零钱网站"。它们打着"有电脑、手机就能赚钱""谁都可以轻松完成的手机副业"的口号，吸引用户。

主要的积分网站有 moppy、gendama、chobirich，用户数分

① 指日本中部地区的爱知县、岐阜县、三重县、静冈县（东海四县），或者爱知县、岐阜县、三重县（东海三县）。

别达到 500 万人、440 万人、135 万人，都超过了百万。在使用这些网站时，你需要先注册。注册是免费的，可以用邮箱地址、手机号，登录时只需输入昵称及其他注册信息即可。

注册完成后，用户可以从网站提供的服务项目里选择自己喜欢的。虽然各个网站不尽相同，但大体可以分为"看广告""安装 App""填写信息""回答问卷""邀请朋友""玩游戏""抽签"几类。

"比如'看广告'，看完一条广告能积累 10 分，大概就是这样的运作机制。因为做家务并不耽误看手机，一天下来多尝试几种就能积累 100 分。积分可以换钱，5000 分就是 5000 日元。"

"换钱"这个词听上去让人有些摸不着头脑，免费注册的网站怎么能"拿到 5000 日元"呢？秋庭当初也觉得不可思议，怀疑这是不是诈骗，但她很快发现，确实能在操作过程中拿到钱，也没遇到什么特殊问题。

"换钱有很多方法，比如可以兑换购物网站的礼品券、电子货币，也可以转到网络银行的账户里。有的用户会在自己的博客里炫耀'这个月赚了 20 万日元''今年赚了 100 万日元'，类似的文章数不胜数，还有一些人会介绍高效率赚钱的小技巧。我当初也想认认真真做这个。"

"技巧"之一就是"邀请朋友"。将网站介绍给熟人，如果他们也成功注册了，邀请人就能收到一定数额的积分。比如一个人 500 分，邀请 20 个人就有 10000 分。秋庭刚开始使用积分网站时，女儿还在幼儿园，她就邀请了不少同是宝妈的朋友，获得了不少积分。

"可现实生活里的朋友就那么多，所以后来我开始在 SNS 上发布消息。为了吸引主妇，我故意将每个月期望获得的金额设定得低一些，比如 1 万日元左右。这样一来，她们会觉得'别人可以，我也可以'。慢慢地，我掌握了不少小诀窍，也更难抑制想要赚钱的欲望。"

原本是打算在做家务、看孩子的间隙赚点零花钱的，但等她回过神来时，已经无心做家务了。她注册了 20 多个积分网站账号，不断寻找换钱比例更高一些的业务，再加上还要在 SNS 上发布消息，上传实际获得积分的截图，根本离不开手机。

不知不觉地，秋庭的生活开始围绕积分网站打转。她会因为获得了积分而雀跃，一个月的收入也能达到数万日元，却万万没想到，就在这时掉入了陷阱。

主妇们的战斗

"还有一种很划算的活动，是商品试用。比如你买了一个月的保健品，花出去的钱将会全部以积分的形式返还。花了 1000 日元就能拿到 1000 积分，再把这 1000 积分换成钱就相当于免费试用商品。我那时对这个很着迷，一天能下 10 个左右的订单。"

事实上，用户不仅可以免费获得商品，还能将获得的积分发布到 SNS 上。"这周拿到了 3000 积分"，这类网络发言还能吸引更多的"朋友"。

乍一看是天上掉馅饼，其实秋庭犯了个大错。她以为的免费商品其实是"定期购买"类商品，第一个月确实是免费的，之后就需要每月支付相应费用。

"我实在太着迷于获取积分了，根本没有仔细看购买时的注意事项。结果买回来很多完全不需要的东西，还不是一件两件。如果取消的话，最初的积分就要返还，相当于第一次还是花了钱的。唉，别说赚钱了，这简直是多花冤枉钱。"

不过秋庭并没有将这件事告诉她丈夫。可即便如此，由于她疏于照顾家庭，夫妻关系也产生了嫌隙。她为了挽回失败造成的损失，开始尝试接积分网站上的其他工作，比如录入文章或者给商品写评价。

每项工作给的钱非常少，有的只有 0.1 日元，却存在鼓励使用者提高正确率的奖励机制。平台上会有每日排名发布，按照正确率高低依次排序。

"第一名会得到 1 万分，第 100 名只有 100 分，排名不同，获得的奖励积分也不同。我当时满脑子都在想'努力就能赚钱，能稍微挽回一些损失'，却没想到之后会发生始料未及的事。"

为了保证输入文字的正确率并且提高速度，秋庭每天一大早就开始忙活起来。她比以往更荒废了主妇的工作，餐桌上放的食物也变成了超市买的半成品和罐头。她并没有多少精力照顾孩子，母女之间的交流也少了。

丈夫多次责怪她，但她根本没听进去。那时的秋庭不仅想获得积分，更想跻身排行榜的前几名、赢过其他用户。这种好胜情绪占据了她的内心。

"做这种工作的基本都是主妇，可以说是主妇之间的战斗。要是排名上升了，我会因为战胜了其他人而开心起来。但如果将这份喜悦分享到 SNS 上，会立刻受到嘲讽——'看把你高兴的''不想看见你''明明那么丑'……总之会收到各种恶言恶语。"

然而，秋庭却没打算放弃积分网站，甚至愈战愈勇，因为她想向对方证明"你们才是没用的"。

即便在女儿感冒发烧时，她也惦记着积分；照顾女儿时还不忘看手机，心思根本没法集中到女儿身上。好在女儿很快康复了，但那天她获得的积分只有 50，也就是 50 日元。

"就是那个时候，我发现自己真的很傻。我的心全放在'赢过其他主妇''多赚点钱'上，却忽略了最应该重视的人和事情。我曾经确实赚过一些钱，但觉得不能这样继续下去，于是就在那个时间点上放弃了。"

秋庭使用积分网站不过两年半的时间，剩余的积分换成钱还不到 30 万日元。再除去购买不必要的商品，真正赚到的只有 10 万日元左右。

如果除以秋庭花费的时间，换算成时薪，大概一个小时只有 25 日元。

被公司掌握行踪

上述老年人、主妇沉迷手机的案例值得我们警醒，但这其实还是和本人的意愿、想要获得刺激和利益的心理脱不开关系。虽然有时确实会出现"不知不觉沦陷了""买了不必要的商品"的情况，不过理智思考过后，也能及时止损。秋庭就是这样的。

然而，这个社会上还存在一些人，不管他们想不想，都时刻被手机束缚着。因为他们在工作时需要使用公司提供的手机，在哪儿、做了什么、有没有按时上下班，一举一动都被"监控"着。

30 岁的山本恭介（化名）在一家餐饮管理类公司上班，做销售，他感叹道："自从用了公司发的手机，感觉自己就变成了奴隶。"上司可以通过 GPS 了解他当前的位置、移动路线，监视他一天的行动。

山本负责的区域有 100 平方公里，因为工作，他可以开公司的车直接往返家和目的地之间。由于他要在开店前、关门后拜访店铺，早上 6 点出门、晚上 12 点才回家的情况也不在少数。

"以前用自己手机，只要定时和上司汇报一下就行了，日程相对自由。早上如果出门太早，中间就可以多休息一会儿，每天的行程是自己控制的。但是自从用了公司的手机，我的位置就会通过 GPS 自动报告给上司。比如我把车停在便利店门口吃午饭，那么上司的电脑上就能显示我在便利店门口。"

通过 App 管理员工的出勤

这类系统、App 其实还有很多，比如软银移动公司就提供了一款面向企业用户的应用，名为"位置导航统一检索"，它可以同时搜索 100 名员工的当前位置，结果会在地图上显示出来，谁在哪里一目了然。

NTT 设施是一家负责数据处理的公司，他们将位于新大桥大楼的办公区称为"实验型办公室"。公司领导可以实时掌握员工的动向，分析他们的行为。

他们在每一层放置了蓝牙发射器，当感应到员工的手机，就会自动留下记录，比如"×时×分，员工B进入了A房间"。上司可以通过"员工C和员工D在谈话区"的记录，判断出两个人曾见过面，并在那里聊过天。不过卫生间不在监视范围内。

该公司认为，通过分析员工的行为，可以达成"节能办公"这一目标。比如，根据进出房间的记录，自动调整照明、空调。

此外，不少免费的手机App也附带了各种功能。比如"cyzen"这一款考勤App可以"定位外勤员工的位置""记录开始工作、结束工作时的状态""统一掌握考勤情况"等。在App信息发布网站appliv上，我们可以看到这样的介绍：

"这是一款可以管理外勤人员的App。通过GPS，即可轻松了解员工的出勤情况，查看他们现在身处何地，一天都做了哪些工作。按下两个按钮（出勤、收工），就可以记录下员工几点几分在哪里做了什么。（后略）"

即使是休息日也会暴露位置信息

这类App的开发说到底是为了提高工作效率。比如对于出租车公司来说，有了约车的订单，就可以通过搜索周围司机的当前位置，派遣离用户最近的车辆。对于山本的公司来说，一旦员工在工作途中遇到交通事故或者交通堵塞，他们也能及时向客户作出反馈，不至于因此而失去客户的信赖。

此外，记录上下班时间还有利于防止公司不支付加班费，对于员工来说也有好处。

但与此同时，我们也不能否认，一些公司可能会过于强化对员工的管控，甚至超出规定范围，变成了监视。事实上，山本就受到过上司的过度干涉，感到压力很大。

"工作时要是偏离了路线，在某个地方停留时间过长，就可能收到上司的邮件：'要加把劲（工作）啊。'虽然是调侃的语气，但传递来'我可是一直看着你的哦'的信息，还是很有压力的。你不知道对方会怎么想你，万一碰上不厚道的人就很恶心了。反正去个便利店，我心里都七上八下的。"

因为是销售，所以不论何时何地都要拿着手机。即便是休息日，也可能有人突然联系你，这就导致自己的隐私可能被暴露。

山本休息日外出时，要是接到上司的紧急电话，即使他还什么都没说，也能接到指示："一个小时能赶过去吧？"对方能知道自己的当前位置，这让山本感到很惊讶，就好像有人一直尾随着他一样。他犹豫再三，还是向上司询问到底什么时候会用到 GPS 信息，上司毫不在意地表示："只是工作需要时才会用，没事，别担心。"

"如果只是工作需要，那还能理解吧，但总觉得我是被盯着的。就算不监视我，我也得处理工作上的邮件，向公司汇报情况，传送数据、照片什么的，根本离不开手机。现在我根本找不到可以完全松口气的空当。"

正如山本所担心的，再怎么便利的系统，倘若使用者的意识或者伦理出现偏差，就可能导致违法行为。最近，还有一些软件可以通过远程操纵对方手机，进行"窥探"。

神奈川县的某软件开发公司曾开发了一款名为"Android Analyzer"的软件（现已停止销售），如果将没有锁定的手机连接在装有该软件的电脑上，就会自动安装该软件。

安装了软件之后，电脑便可以远距离控制手机，通话记录、邮件记录、通讯录、位置信息、动画、相片、LINE 的聊天记录等等都不再是秘密。能"实时监控、追踪手机"，也能"查看经常偷懒的员工的出勤情况"。

开发者做出了警告，电脑使用者和手机使用者必须在双方同意的情况下才能使用该软件。但事实上，未经允许盗取他人信息的违法行为相继出现，甚至还有软件使用者被逮捕。

违法行为是被禁止的，但如果双方都同意了，又会如何呢？在工作时被强行发放了办公手机，上司就可以掌握员工的所有信息，一直监视他们。

小小的手机支配着我们的生活，让人不禁对不远的将来产生恐惧，这真的只是杞人忧天吗？

被 SNS 市场耍得团团转的员工

随着手机的普及，企业的商业战略也迎来了转型期。比如，中小型企业原本通过传单、公司主页来发布信息，吸引顾客。而如今，通过 SNS 开拓市场已成为不少人的选择。

2016 年 4 月，经济产业省 ① 发布的《有关企业社交媒体

① 日本行政机关之一，以提高民间经济活力、使对外经济关系顺利发展为中心，促进日本的经济与产业发展，并确保矿物资源及能源稳定且高效率的供应。

的使用调查报告》中指出，"通过有效地使用社交媒体，可以更迅速、准确地获取信息，为拓展事业提供了可能"，"利用Facebook、Twitter等社交媒体开拓贩售渠道，打造品牌，获知顾客需要并灵活运用于商品策划，这种连锁搭配极有前景"。

但是，报告也谈到了"企业并没有形成完善的运作方式、体制，也缺少必要的人才"等问题。也就是说，虽然SNS上的推广有效，但缺乏相应人才，运营体制也很脆弱。然而即便如此，还是有一些企业打算在SNS上做宣传，他们在没有做好充足的准备的情况下，就贸然行动了。28岁的寺田由香（化名）所在的公司就是其中之一。

寺田由香在一家装修设计公司上班，员工一共还不到10人。她原本的工作是在装修设计时给人提建议，但后来被委派了新的任务，要她在Facebook、Twitter上宣传公司，发掘潜在顾客并解答顾客提出的问题。

"自打做了SNS运营，我的生活就宛如陷入了地狱。比如，我要在Facebook上做一个改装的建议方案，我不仅需要上传参考图片、动画、宣传文案，还需要及时回答顾客的提问。有时甚至要和一个人聊上几十句，慢慢地就顾不上原本的工作了。"

提出"在SNS上拓宽销售渠道"的是60多岁的社长。他曾在面向中小型企业的交流会上接触到了"SNS市场"这一利用互联网招徕顾客的方法，后来就委派了寺田去做这项工作。

他兴高采烈地表示："如果能通过SNS将公司和消费者联系起来，那么就可以向他们推送信息，还能保证售后服务。""要是能得到女性顾客的信任，就可能通过口碑吸引新用户。"

事实上，装修设计公司原本就经常接触女性消费者。而且，和男性员工相比，女性员工更适合向顾客建议如何设计更流畅的生活动线 ① 或者怎样才能在做家务时更省力。

寺田从社长那里接到任务，要在 SNS 上发挥自己女性视角的特长，对待顾客要亲切有加。为此，寺田特意上传了自己的照片、简历，并用简单易懂的语言解释专业术语，为此下了不少功夫。

希望"早点得到回复"的愤怒顾客

寺田当初以为，在 SNS 上做推广并不复杂，只不过是把公司官网的内容做些延伸，只要将施工的实例介绍、参考价格、活动信息发到 SNS 上，并在顾客询问时作出回答即可。

然而实际开始工作以后，情况大大超出她的预想。也许是大家在 SNS 上更能放得开，不少顾客问她问题时一点也不见外。

"比如，我上传了一些针对家有宠物的顾客的装修信息，就能收到很多反馈。如果用户看到信息来找我们装修，那还好，可事实上，不少人只是想要信息。'能不能告诉我怎么安装猫咪门（供猫咪进出的小门）'之类的，会一个劲问自己想知道的内容。这些人也是社长口中的潜在顾客，所以我不敢不回复人家。她们要是采用了我的建议，在 Facebook 上发了图，我还得及时互动。长此以往，我的工作就越来越多了。我还经

---

① 住户在室内经常活动的地点的集合。室内装修时设计出好的动线能提高生活效率。

常在家里更新 SNS，可工资一点没有涨。"

最让寺田感到压力的其实是顾客投诉。SNS 上的负面评价会传播得很快，很容易对公司信誉产生不好的影响。这就需要员工及时作出回应，然而寺田不过是一名普通员工，很多事情不是她一个人能决定的。在她与社长或者施工方取得联系的期间，来自顾客的愤怒留言就会越积越多。

而且这些怒火并不指向直接负责人，而是指向在 SNS 上不能及时回复他们的寺田。因为她之前公开过个人照片、履历，有时抱怨甚至会上升为对她的人身攻击。

"对于顾客来说，想要尽快得到回复是理所当然的。如果发出去的问题石沉大海，就会焦虑、生气，不想多花时间等待，这也正常。可是在 SNS 上被人骂的感觉真的很糟，那些话在我脑海里挥之不去，我还会担心要是下次再碰上同样的事情该怎么办。"

寺田曾向社长提出不想做这方面的工作了，可得到的回复是"没有其他人可以胜任"。如果她没有及时更新，就会被责备为消极怠工，有时还会随便给出"下次不如试试这样"等十分不负责的建议。

在 SNS 上性格开朗，不断更新内容的她，事实上已经心力交瘁，被沉重的负担压得喘不过气了。

找工作也离不开 Facebook、Twitter

23 岁、在东京某不动产相关企业工作的杉本明日香（化名）也曾因为 SNS 陷入苦恼，不过她遇到的问题和寺田不尽相同。大学时期，她曾为了找工作，每天拼命在 Facebook、Twitter 上扮演一个不真实的自己。

"因为我当初想去大型企业工作，所以大三时报了求职班。那里的老师告诉我，善用 SNS 可以给个人加分，因为你可以通过 SNS 向企业展示自己的价值，让他们觉得你是一个可以为公司做贡献的人。这一点十分重要。"

在那之前，杉本的 SNS 上基本写的都是和谁出去玩了、吃了什么等日常内容。但是在求职班里，老师向他们讲了不少"因为 SNS 上都是琐碎日常所以求职失败"的案例。

"HR 会看应聘者的 SNS""一些公司也要求在简历上写下你的 SNS 账号"，杉本听到过不少类似的建议。于是从那一刻开始，她就决定伪造一个 SNS 上的自己。

"我抛弃了所有现有账号，为求职专门开了一个。我会在个人简历里写上已经取得的各种证书，还加上了正在考 TOEIC（托业，全球通用英语考试）等内容。课外社团、志愿者活动，只要稍微沾点关系，就统统写进去，这会提高个人信用度。当然，每天的更新也是非常重要的，比如参加了企业交流会、访问了已毕业学长所在的公司、聆听了某某公司社长的演讲之类的。基本都是这种积极向上的内容。"

为了体现自己是一个积极主动的人，她还采取了一些实际行动，比如收集行业相关研究、企业信息，拜访学长所在的公司之类的，这些本身就很辛苦了，除此之外，还得参加一些可以当素材写的活动。有一次她第一志愿的公司在某地的神社举办了祈求生意兴隆的活动，她还特意搭乘新干线去那里。

为了能在企业面前打造一个"交际能力很强，可以为公司出力"的人设，杉本可谓煞费苦心。

"如果全都写得太生硬也不行，最好是软硬适中的内容。比如自行车钥匙丢了，就写有好心的路人帮了自己一把。这是在委婉地表达，我是那种别人看到了愿意伸出援手的人。如果写得太过，也会让人觉得装，所以把握这个度很重要。总之那段时间，我每天想的都是 SNS 要发什么内容，为了这些内容我要做什么事。"

此外，杉本还会留意心仪企业的动态，以及实际在那里上班的人的生活状况。企业的官方网站上一般会有员工介绍，在 SNS 上找到这些员工的个人主页，加关注（可以看到对方发布的内容），就可以知道他们每天在做什么。

除了上课、找工作外，杉本每天还要为 SNS 上发布的内容绞尽脑汁。她坚信只要这样努力就一定有好结果，于是向将近 50 家企业投了简历。但事实上，她连一些公司的材料审核关都没过，有的进了首轮面试就被淘汰了。

毕业论文、研究课题的进展并不顺利，身心俱疲的同时，还要在 SNS 上伪装出活泼开朗的样子。

"原本想写没拿到内定录用名额很难过，但是不能在 SNS 上表现得太消极，就只能虚构一个和现实完全相反的自己。那段时间，我的精神状态不太稳定，有时在路上走着，看到别人开开心心的样子就想上去揍他，甚至还想去没录取我的企业的 SNS 上吐槽，整个人都变得很可怕。"

在距离毕业只剩半年时，杉本拿到了现在工作的这家企业的内定录用通知。也是那个时候，她关闭了求职用的 SNS。自那以来，即便是私底下她也很少用 SNS，因为"不知不觉间，朋友都消失了"。

"对于我当时的做法，很多朋友似乎都不太赞成。但那个时候，我并没有考虑这些，只是一味地想要伪装自己。虽然最终找到了工作还是很开心的，但是从整个人生的高度回头看这一段经历，也许我失去了更多非常重要的东西。"

苦于"社交求职"的学生们

在 Facebook、Twitter 上找工作的活动被称作"社交求职"，是使用社交媒体求职的简称。根据日本总工会 2014 年 6 月发布的《关于求职活动的调查》，利用社交媒体进行求职的学生达 31.5%，约为三分之一。

他们在进行"社交求职"时会使用多种手段，除了"关注企业的官方账号"（11.8%）、"和其他求职者保持联系"（10.8%）等方法外，还有"尽量避免被别人发现写有真心话的账号"（4.2%）、"会特意发一些积极向上的内容"（2.2%）等措施。

另外，有 68.4% 的人"不选择社交求职"。他们平时会使用 SNS，但在求职过程中十分谨慎，大概也是考虑到社交求职特有的困难。正如前文杉本在求职班里接触到不少"因为 SNS 上都是生活琐事所以求职失败"的案例一样，SNS 会让个人状况变得透明。

事实上，在上述人群中，有 36.5% 的人表示"不愿别人知道自己的隐私信息"，16.4% 的人表示"害怕在 SNS 上被人发现隐藏的缺点"，总之非常担心在社交媒体上暴露自己。

在求职者经常浏览的求职信息网站上，也经常能看到诸如"随手写的一句话或者故意引人发笑的照片就导致了求职失败""失误留言让一切付之东流"这样的内容。

比如，"喝醉了，完全记不得是怎么回的家""今天去男朋友家留宿"之类的内容，对于学生来说，不过是私下随便说说罢了，但对于企业来说，可能就不会录取这样的人。再比如，"某某公司的面试官对人非常好"这种看上去积极的内容，在其他企业看来也许就不太合适了。

可如果不用 SNS，又可能被解读成"人际交往能力欠缺""是不是没有朋友"，这又成了另一种意义上的失误。

根据求职信息网站 JOBRASS 的调查（2015 年 8 月），有37.7% 的招聘方会看求职者的 SNS，19.8% 的招聘方"重视发布的内容"。

在原本就竞争激烈的毕业生人才市场中，"社交求职"让形势变得愈发严峻。学生不得不每天面对 SNS，思考要在虚拟世界里呈现出一个怎样的自己、希望别人能看到一个怎样的自己。在受益的同时，稍微不注意也可能导致不可挽回的情况发生。

即便顺利通过"社交求职"的考验，来到了理想的公司上班，接下来需要面对的可能就是被工作专用手机监控的每一天，被上司指名去做"SNS 市场"的推广，没日没夜更新信息、回答问题。

"社交求职"不过是一块敲门砖，在之后漫长的职业生涯里，他们也可能一直被手机束缚着。那么，我们又该如何权衡利弊呢？

第五章　通往"废"的道路

为拯救成瘾少年而做出的努力

2015 年 8 月，位于群马县前桥市的"国立赤城青少年交流之家"举办了一次为期 9 天的夏令营活动。参加活动的是 13 岁到 19 岁的男孩子，一共 12 人，都是网络游戏成瘾者。

夏令营让他们暂时脱离了网络环境，并希望能借此机会改变他们的生活。少年们在这里度过一段没有电脑、手机的时光，他们一起做饭、进行室外活动、搞创作等，也会参加一些有关网络成瘾的学习会或者咨询会。

国立青少年教育振兴机关于 2016 年 3 月发布的报告指出，这些孩子在参加夏令营之前，每天平均有 8.2 小时在玩游戏，最长可达 15 小时。他们之中最早接触网络游戏的可以追溯到 4 岁。

曾经一度对家人恶语相向甚至施加暴力、人际交往也存在问题的少年们在经历了这次夏令营之后，减少了玩游戏的时间，提高了自我评价和交流能力。

这次的夏令营活动参考了 2007 年以来在韩国举办的"网瘾戒治学校（Rescue School）"活动。该活动在韩国有 16 家机构参与，每次为期 12 天，都在寒暑假举行。

参加者身边会有 24 小时陪同的大学生志愿者，网瘾少年们可以向志愿者吐露心声。即便在"Rescue School"活动结束之后，他们也可以继续保持联系，志愿者们会从医疗、教育等方面进行后期辅导。

为什么韩国会有如此完善的救助体制呢？这是因为韩国曾一度是"网络成瘾发达国家"。

1997 年亚洲金融危机之后，韩国的经济状态一度萧条。为了打破僵局，韩国政府主导推进了 IT 产业的发展，这也导致了 IT 产业世界级的企业相继出现，网络游戏等行业飞速崛起。

不少在日本非常有人气的网站、手游其实是韩国公司运营的。如今拥有 6800 万用户的 LINE 也是从韩国大型 IT 集团 NHN（现在的 Naver）于 2000 年成立的 Hangame Japan 发展起来的。

韩国的 IT 产业发展迅猛，但与此同时，网络、网游成瘾的人数也急剧增加，引发了严重的社会问题。在 2004 年的全国调查中，9 岁至 19 岁人群的网络成瘾率达 20.3%，20 岁至 39 岁的达 14.6%，约有 323 万人。在之后的 2005 年，有 10 人因为长时间玩游戏而导致的急性疾病等原因死亡。

在这样的背景下，2007 年，韩国 128 家青少年辅导中心和医疗机构开展合作，积极推进对网络成瘾的治疗，实施相应对策。此外，从 2009 年开始，还对小学四年级、初中一年级

（2010 年追加）、高中一年级（2011 年追加）学生进行定期网络成瘾度的全国调查。

"断网"制度

在一系列举措中，最引起国内外关注的是 2011 年开始实施的"断网"（shut down）制度。

从深夜 12 点开始到第二天早上 6 点，玩家登录网游时需要输入 ID 号码。因为在韩国，不满 16 岁的青少年是没有 ID 号码的，所以相当于"全面禁止未满 16 岁的人深夜玩游戏"。韩国的 ID 号码与日本的个人番号（My Number）①类似，上网时通过这一信息，可以对玩家的年龄、上网时间进行管理。

在层层管制下，韩国的网络成瘾者数量有所减少。2004 年约有 323 万网络成瘾者，到 2010 年只剩下约 174 万，几乎减少了一半。

对于韩国的这些措施，日本网络成瘾问题研究者及医疗界人士也纷纷表示赞同。然而，国内却迟迟没有推行相应政策，这引发了人们深深的担忧。致力于网络成瘾者治疗的成城墨冈诊所的精神科医生墨冈孝是这样说的："在日本，几乎看不到官方发布的有关青少年网络成瘾问题的应对措施，也无法阻止事态的恶化。一旦青少年陷入成瘾状态，就很难从中抽身。在他们的身心健康出现问题、对他们的社会生活造成影响之前，

---

① 日本自 2016 年开始实施的制度，为个人分配 12 位数字的专属号码，方便政府在社会保障、缴纳税金、灾害对策等方面进行统一管理，类似于中国的身份证。

难道不应该进行预防教育，建立更完善的体制吗？"

这么多年来，我一直近距离接触青少年，也了解了不少网络相关问题，对此深有感触。从"预防""保护孩子"的角度来说，我们确实应该引进类似"断网"的制度。

然而事实上，不仅日本迟迟没有推行相关制度，就连"网络成瘾发达国家"韩国也一度改变了现行措施，对"断网"制度进行修正，并增大了对游戏产业的扶持。

自"断网"制度实施以来，韩国的游戏行业受到了巨大打击。韩国文化振兴院（KOCCA）曾在《2015年游戏白皮书》中指出，2010年其国内约有20658家游戏公司，2014年则减少至14440家，短短4年内减少了三成。《白皮书》还指出，"断网"制度的推行对游戏行业产生了负面影响，带来了约1300亿日元的经济损失。

曾经由政府主导且十分景气的游戏行业不断衰退，国家不得不放宽现有政策。"断网"制度由之前的全面禁止，改变为"选择性禁止"——如果取得了监护人的同意，青少年就可以在深夜玩游戏。

另一方面，政府还出台了"游戏文化振兴计划"，全面推进游戏产业，加强相关人才的培养，希望通过游戏带动经济的发展。

手游发展成1万亿日元的产业

连韩国都已经转变了方针，放宽了针对网络成瘾的政策限制，恐怕日本今后也会受到影响，更难出台相应的对策法规。

事实上，各国网络游戏及相关产业的竞争相当激烈。在韩国游戏业因为政策原因持续低迷的同时，中国的游戏公司逐步扩大市场份额。日本国内也有不少游戏公司为了吸引玩家拼命研发手游，竞争激烈。

消费者厅公布的《手机游戏动向》（2016年3月）指出，日本国内游戏App的市场约为7154亿日元（2014年），两年内增加了60.8%。预计到2017年以后，将增长到1万亿日元。

不过随着开发费用、宣传费用的逐步攀升，加上技术更新等问题，今后游戏产业的发展速度可能会放缓。

我们可以想象到各大厂商争夺"蛋糕"的场景，这里的"蛋糕"指的就是游戏玩家。前文的报告中也提到了，在使用手机的人群中，有68.9%的人曾玩过手机游戏，约占七成。这其中又有24.3%的人会为了抽卡或者买道具而花钱。

在氪金人群里，中学生玩手游的频率最高，有55.4%的人表示"每天都玩"，18.8%的人表示"基本每天都玩"，七成以上的中学生日日与手游打交道。43%的未成年人会花钱抽卡，比成年人的32.8%高了10个百分点。

氪金是游戏公司一项重要的收入来源。如果对这些"每天玩游戏，每天花钱"的中学生做出行为上的限制，无疑也会打击到游戏公司。

究竟是要保障游戏行业的发展，还是采取措施预防青少年沉迷游戏？现阶段的日本政府并没有实施"断网制度"的打算。即便在安卓平台上已经出现了可以设定"使用时间限制"的App，从技术层面来讲并不是一件很困难的事，但政府依然迟迟没有行动。

与此同时，游戏公司花大钱打出的广告早已深入青少年的日常生活。"就是现在，成为勇士吧！""不要错过这份感动！""所有女生都会喜欢！"这样的广告语随处可见。

日本儿科医学会与日本医师学会曾在 2017 年 2 月制作了以"玩手机的同时，我们到底失去了什么"为主题的海报，发给全国约 17 万名会员，张贴在诊所等地方。他们针对青少年过度使用手机问题，在以下几方面提出了警示。

- 睡眠时间：深夜玩手机会导致睡眠不足，生物钟紊乱。
- 体力：一动不动玩手机会影响骨骼、肌肉的发育。
- 学习能力：玩手机的时间越长，这项能力越下降。
- 视力：影响视力。
- 大脑功能：对大脑造成伤害！
- 交际能力：与人面对面交流的时间减少。

青少年使用手机的状况已超出成年人的想象

前文谈到了，手机的迅速普及对不同年龄、不同生活环境的人都造成了影响。对于婴幼儿来说，手机宛如全能保姆，可以记录孩子的成长、督促孩子养成好习惯，也提供种类繁多的 App 供他们娱乐。对于老年人来说，手机可能让他们掉入欺诈的陷阱。对于主妇来说，她们可以利用手机赚小钱补贴家用，但与此同时也可能因此疏于照顾家人。对于上班族来说，手机可能时刻掌握他们的行踪，就算下了班，也很难完全抛开它。

在这么多问题当中，我个人最担心的还是手机与孩子的关系。尤其是初高中学生在使用手机方面，已然超出成年人的想象，衍生出了新的问题。

　　比如"霸凌"这个问题。当我们看到网络霸凌、SNS霸凌这些字眼时，很难透过表象看到问题的本质。"中学生收到别人在LINE上发给他的恶意评价，深感苦恼，最终自杀了"，即便我们看到这样的报道，也很难理解他究竟受到了怎样的伤害，又面临过何等的痛苦处境。

　　尤其是现在校方应对的态度并不积极。2009年，文部科学省曾下达通知，全面禁止公立中小学的学生在校内使用手机。自此，"校内不能使用手机"就成了"校内不会发生手机霸凌事件"的托辞。

　　有的地方政府还增加了"禁止小学以下的孩子使用手机"的规定，不过这也成了"连手机都没有，怎么可能会有霸凌"式的话语挡箭牌。

　　"不能""禁止"，面对这些字眼，又谈何应对措施？我曾经在采访某地教育委员会的高层时，听到他这样说："给孩子们买手机的、让他们用手机的都是监护人，对吧？就算他们在校外玩手机的时候出现了什么问题，学校这边也没法担责任。打个比方，父母给孩子买了自行车，孩子在街上出了交通事故，就不能说是学校的责任了。手机也是同样的道理。况且我们很多教职员工自己就没用过LINE，又该如何让他们教导孩子呢？"

　　这位高层说的也有一定的道理。但另一方面，网络霸凌、SNS霸凌大多时候都是从学校的人际关系演变出来的。同一个班级、社团、前辈与后辈之间出现了嫌隙，SNS 不过是将这些矛盾放大了而已。

如此说来，学校确实应该和家长一同关心孩子，一起解决问题。可正如刚才那位高层所说的，"很多教职员工自己就没用过 LINE"，实际操作起来又很困难。即便是家长，一些父母也认为"反正我家孩子不会做什么奇怪的事""学校总不能什么都不管吧"，觉得责任不在自己。

受到霸凌的孩子们很难对身边的大人们吐露心声，就算和他们说了，问题也无法得到解决。因为他们只会和他讲一些没用的理论，没什么实际意义。

随时随地出现在我们生活里的霸凌

笼统来说，通过手机传播的霸凌，一般具备三个要素：语言、图像、多数人的赞同。

语言指的是不断发送"去死""恶心"等诽谤、中伤的语言，传播一些子虚乌有的流言。图像指的是用照片、视频来贬低对方。比如在学校的厕所里偷拍同年级学生上厕所的照片，并在 SNS 上传播。对于被偷拍的人来说，在他浑然不知时，已然被很多人看到了不光彩的形象。

然而面对这种诽谤中伤的言论与恶意图像，不少人却不觉得有哪里做得不对，反正大家都会一笑了之。而且这种霸凌无处不在，即便是深夜或者休息日，依然可能在网络上流传开来。

那么实际生活中，又存在什么样的霸凌事件呢？这里举几个真实案例，出于对受害者隐私的保护，以下仅作概述。

案例①

有一个初中二年级的女生，升了年级之后，一直没能融入班级，也没交到朋友。有一天，一个在班里地位比较高的女生和她说"一起来玩LINE"吧，她就将账号告诉了对方。

那天晚上，她收到不少女生的"好友申请"。她兴奋地打开LINE，发现自己确实被邀请入群了。

然而群名却是"河野超恶心"——这个女生就叫河野。原来她被戏弄了，被骗入了一个专门嘲笑她的群。

案例②

有一个初中三年级的男生，一次去同年级的朋友家里留宿，男孩子们一直玩手机游戏玩到深夜。输掉的人被要求脱掉衣服，总输的那个人最后被脱到只剩下内裤。因为再输下去就一件衣服都不剩了，所以其他人要求他只穿内裤跳舞，并把跳舞的场景录了下来。

之后的几天，这名男生跳舞的视频就在SNS上传播开来，大家纷纷评论他"变态""性骚扰"。

案例③

有一个初中三年级的女生，成绩优秀，也经常主动承担班级工作。她也会玩LINE，会在网上和大家聊天。然而突然有一天，她收到大量的恶言恶语："最近你很得意忘形啊""自大""烦死了"之类的。

他们要求她道歉，女孩迫不得已道了歉，却被指责"态度不够诚恳"，甚至还有人说"要是真觉得自己错了，就去死啊""你去录个视频，发到 TwitCasting（一款直播软件）上"。

万般无奈下，她只能照做，录下"我会以死谢罪"的道歉视频做了群发。

缺乏罪恶感的加害人

如今，只要动一动手指，就可以在网络上对他人造成伤害。当事人之间的矛盾不再局限于两人之间，一旦发到网上，就会被很多人看见。而且对于受害者而言，恶言恶语、中伤图片一旦扩散开来，就无法完全消除，甚至还可能成为他们一辈子的噩梦。

另一方面，加害人却缺乏罪恶感。他们会觉得："就稍微欺负他一下""顺手做的，也没想那么多""大家都这样啊，应该没事吧"。一个初三男生曾经欺负过同年级的同学，他说："要是放在现实生活里，让我揍他一顿，那是绝对不可能的。真当着他的面说'去死吧''恶心'之类的话，我也会紧张得说不出口。但是在 LINE 上就不一样了。即便有时候说得过分了，反正面对的不是真人，就没什么罪恶感。而且在网上，你可以看到别人是怎么做的，要是大家都这样，我也就没什么好顾忌的。"

表面上大家都是好朋友，私下却会嘲笑一些人。一个高二的女生表示："要是有谁做了蠢事，大家就会把她当笑话看。"

"因为大家经常在 LINE 上聊嘛，聊着聊着就不知道该聊什么了，不能一个劲吹牛，也不能总是聊今天吃了什么、现在在做什么吧。这个时候如果找一个人来调侃，比如故意拍她马屁，把她洋洋自得的样子分享出来。大家就能一下子嗨起来，还会觉得，现在一起聊天的才是自己人。我们真不是故意想去欺负谁，也不觉得这是多严重的问题，毕竟谁都不想冷场嘛。"

社会学家内藤朝雄曾将霸凌分为"暴力的霸凌"和"交际层面的霸凌"（《霸凌的构造》，讲谈社现代新书）。"暴力的霸凌"就是字面意思，拳打脚踢、威胁对方交出钱财，对他人造成直接伤害。而"交际层面的霸凌"指的是忽视、戏谑、散布流言等间接伤害。

正如刚才学生们说的，现在只要手机上点几下，就可以轻易伤害别人。这种行为极易在网上传播，还会让更多看戏的人卷入其中。

尤其是在日本，我们从小教育孩子们要时刻留意周围人的态度。"大家都是这么做的"，他们很难站出来唱反调，反之还可能以"不合群"为理由被其他人排挤。

孩子们不敢真的对谁拳打脚踢，也不敢真的辱骂谁，但有了手机，事情也许就不一样了。

这种缺乏真实感的现象其实并不只存在于霸凌问题上。因为好奇、兴趣或者为了满足一时的需求，就亲手毁掉自己人生的案例还有很多。

淫秽色情的自拍就是其中一种。

直逼底线的自拍

自拍，指的就是利用手机的拍照软件，给自己拍照。不少人会将自拍照传到网上，分享到 SNS 上。还有人会故意将自己吃了一份超大量米饭的照片发给 LINE 上的朋友，以博他人大笑，有时能让其他人也跟着分享自己搞怪的照片。图像，继文字之后，成了人们日常交流的途径之一。

然而除了生活、风景及私人照片，不少青少年开始接触"另类"自拍。在一些照片发布网站上，我们甚至能看到豆蔻少女的全裸照、高中生的淫秽色情照。

有一些投稿人胸前挂着"纪念 13 岁生日，全裸一下"的标语，用手挡住脸露出下半身，下面不乏"太色情了"之类的评论。

一部分青少年不仅会在网络上发布此类照片，还会将色情自拍发给特定的人群。曾有媒体报道，2016 年 8 月，佐贺县某初中女生将大尺度自拍发给同班男生，并被该男生在 LINE 上转发传播开来。两名学生都表示是"一时兴起"，但照片流传开之后，甚至其他学校的学生都看到了。

同年 11 月，警方逮捕了一名诱导小学少女给自己发裸照的男性（47 岁）。少女表示，该男子对她说"只要你给我发照片，我就送你 LINE 的收费贴图"。她此前就听同学说，"你可以用只穿内裤的照片换收费贴图"，她听信了同学的话，才和该男子取得直接联系。

在现实生活中，应该没有小学生会在陌生中年男子面前赤身裸体吧。但通过手机这一媒介，她们就可能会为了 100 日元的贴图而给对方发照片。

警方调查显示，2016 年上半年（1 月到 6 月），遭遇儿童色情犯罪的未满 18 岁受害人多达 781 人，创历史新高。其中，因为发了色情自拍照而遭到恐吓的受害者有 239 人，是上一年同期的 1.5 倍。

在所有受害者中，初中生的比例最高，为 135 人，高中生83 人，小学生 16 人。有八成受害者没有见过加害人，他们中有 90% 是通过 SNS 认识的。

在不少案例中，加害人会以"送你礼物"为由，对她们说"我喜欢你""你真可爱"，而获得色情自拍。还有很多时候，他们会以"不听话就把照片公开"为要挟，迫使她们做更出格的事情。

事实上，上述数据并不是全部。这些孩子只是在警方察觉到的范围内，能够确定身份的一部分人。还有很多无法明确身份的受害者，并没有被统计出来。

上文被逮捕的 47 岁男性的 LINE 上有 2700 名好友，而立案的只有寥寥 2 起。

"JK 服务"是"女生的新工作"？

手机从各个方面改变着青少年的世界，其中非常值得我们注意的是它正在逐渐抹平未成年与成年人之间的鸿沟。在现实社会中，成年人与未成年人之间有着清晰的界定。法律明确规定，未成年人不得抽烟、饮酒，结婚、工作也有年龄限制。

原本孩子们很难接触到大量陌生成年人，也很难和他们交朋友。

然而有了手机，事情就变得不一样了：SNS、游戏、交流网站、自拍……途径变得多种多样。熟练掌握手机操作的孩子们其至接触到了一些敏感产业，"JK 服务"就是典型的例子。

"JK"是女高中生（日语罗马音"joshi koukousei"的首字母缩写）的简称，"JK 服务"指的就是以女高中生这一身份为卖点而谋取金钱的服务。比如陪顾客一起散步——"JK 散步"，穿着制服和顾客聊天、玩游戏——"JK 咖啡"，提供陪睡或者按摩服务——"JK 足疗"等等。

根据警视厅的调查（2016 年 1 月），东京都内曾有此类店铺 174 家。不过随着儿童福祉法、青少年保护条例等法规的完善，管理得到进一步加强，实体店铺逐渐减少了。可这并不意味着情况得以改善，因为商家可以通过租赁办公室、官方网站、SNS 等形式，联系到客户，管理前来打工的女高中生们。

客户可以在官网上选择时间、套餐，想来打工的女高中生也可以通过 SNS 应征。在专门的 JK 服务网站上，我们可以看到以下这些内容。

"招募女高中生导游！现在报名，专享高收入。每天工作 3 小时，2 万日元以上轻松到手。她们都赚到了，你还在等什么！"

"无需简历。面试时间随你定。绝对不会泄露个人信息！"

"谁都可以！空闲时间，轻松赚钱。本公司与娱乐公司有合作，还能当模特、成为偶像。团队氛围融洽，员工和蔼可亲，还在等什么！"

"本公司被认定为优良企业，有营业许可，绝不涉及不良产业，更不可能出现强迫员工工作或者违反合约的事情。"

这里的"导游"，指的就是"JK 散步"。并不是单纯在街上走，也有"牵手""一起去卡拉 OK 唱歌"等附加选择。还有一些公司会私下提供黄色服务，他们通过 SNS 和女高中生随时保持联系，听取她们的工作汇报，下达新的指令。

2016 年 3 月，Step 综合研究所曾对东京都内的初高中生515 人做过一项名为《初高中生对 JK 服务的看法》的调查。结果发现，62.9% 的人表示"知道 JK 服务是什么"，9.5% 的人表示"有朋友在做这项工作"。

针对"你如何看待从事 JK 服务?"这一道多选题，有22.9% 的人表示"因为手头不宽裕，做这个也无可奈何"，10.5% 的人表示"顾客和自己都开心的话就没什么问题"。由此可见，不少青少年对此持肯定意见。此外，还有 8.3% 的人表示"这也是当今时代赚钱的新门路"，甚至可以说态度颇为积极。

"身边的成年人"不知道的世界

这种意识的背后不仅是欠缺伦理观的问题。"只要想做就能很轻松找到门路"这一现状更应该引起我们的警惕。因为只要有了手机，你可以随时查看信息发布网站，应聘工作或者与顾客、商家取得联系。

近来，还有一些人利用手机的视频通话功能赚钱，"在线聊天模特"就是典型的一种。打电话时不仅可以听到声音，还能看到对方的形象。

有了手机，即便在自己家里也可以赚钱，还省去了和顾客见面的步骤。她们不需要从网站上找工作，通过 SNS 就可以和认识的男性取得联系，也能私下谈价格。

虽然一些人嘴里说着"只聊天不做别的"，有时也会要求对方"脱衣服"。一般来说，没有女孩子愿意在陌生男人面前赤身裸体，但前文也谈到了，有了手机这一媒介，现实感就变得薄弱，她们没准一时就屈服了，甚至面对"露出性器""当场自慰"等隐晦的色情选项，也不觉得有多抵触。

当然，这并不意味着手机本身是坏的。问题出现在"使用方法"和"使用者的意识"上。这些年轻的使用者不论是知识储备还是社会经验，都还不成熟，缺乏判断力、洞察力，不懂人情世故。

在现实社会里，他们被父母、学校、法律、社会规则所保护。比如，在"游戏厅"的问题上，虽然各地的规定不尽相同，但大体来说，游戏厅禁止未满16岁的未成年人18点以后单独进入，未满18岁的则延长到22点。社会在"保护青少年"方面做出了明确规定，如果有人胁迫他们或者有成年人做出不恰当举动，就要受到相应的处罚。

但在手机的世界里，这道"屏障"被打破了。青少年可以彻夜玩游戏，可以和不认识的成年人组队，氪金买道具或者抽卡。而父母、老师很难掌握这些情况。"身边的成年人"并不知道这些孩子和"未曾谋面的成年人"发生过怎样的接触。

即便没有发展到这一步，这些"象牙塔"里的孩子也要直接面对手机带来的各种问题。"只要想做就能很轻松找到门路"，他们需要面对的，是为了获得利益而设置的商业战略及巧妙的诱导。

以下来看一些实际的案例。

cosplay 模特 3 小时赚 1 万日元

住在东京的华绘（化名）受访时 18 岁，是话剧社的一员，以后准备学时尚设计相关专业。她 16 岁开始接触 JK 服务，之后约有一年时间参与其中，工作的内容就是穿着 cosplay 的衣服，打扮成动漫、游戏里的角色，在室内影棚拍照或者和顾客一起去唱卡拉 OK。

她原本在家附近的美食广场打工，每个月能赚 2 万日元，但随便和朋友吃顿饭，买两件喜欢的衣服就花完了。就是那个时候，她从朋友那里得知了"JK 招募网站"。

她立刻用手机点开网页，映入眼帘的是"截至目前注册女高中生有 2 万人""今天新注册人数 150"等字样。网站清晰地罗列了"偶像""拍摄活动""游戏介绍人""cosplay""卡拉 OK""观光导游"等项目，还有实际在这里工作的女孩子们的照片和评论。华绘一边怀疑，一边点开了她们的评论。

"这个网站可以匿名找工作，不会强迫我做什么。不用担心个人隐私泄露，工作人员超好，还能和其他高中的女生成为朋友，每天都无比开心！"

华绘看着这些评论，慢慢地生出了一个念头，"要不我也匿名注册一下试试看"。注册是免费的，只需填写要求的几项内容即可。

她给自己起了个昵称"桃子"，在个人介绍里写上年龄、邮箱、兴趣爱好、参加了话剧社。很快她就收到一封邮件，"介绍给话剧社的'桃子'一份可以发挥表演能力的工作"——

"一日 cosplay 模特"。

"紧急招募一日 cosplay 模特。3 小时 1 万日元。没有经验也不要担心！拍摄现场有女性工作人员，会为你提供全方位的帮助！"

华绘震惊于邮件里写的"女性员工"几个字。在她的印象里，主导 JK 服务的应该是男性，而且还是那种看起来比较可怕的男性。因为只工作一天，又有女性工作人员在旁边，华绘觉得应该不会出什么问题，于是就提交了申请。

拍摄地点是商业街附近的一间公寓。华绘满心忐忑到了拍摄现场，迎接她的是三名女性员工。她们看上去和蔼可亲，应该就是评论里说的"超好"的员工。

一天的工作很快结束了。当天来现场的有 10 名顾客，来打工的加上华绘一共 4 个。工作的内容就是打扮成动漫角色的样子。华绘收到了 1 万日元的报酬，还和女性员工以及其他学校的女生一同吃了饭。

席间氛围融洽，她还加了其他几人的 LINE 好友。她在那时就打消了顾虑，甚至还认为，竟然有这么轻松赚钱的工作，颇为感动。

就这样，华绘决定正式开始从事这项工作。女性员工们就像温柔的大姐姐，会倾听她们讲恋爱方面的心事，向她们提建议，还会帮忙解决学业上的问题。当然，有时也有"温柔的大哥哥"，他们会对她说"你真可爱""你是我见过最可爱的女生"。就这样，女生们被慢慢俘获了。

既可以赚钱，又有人赞美并关心自己，她们逐渐感受到了这里的"温暖"。"他们对我这么好，我怎么能不努力呢""不能背叛这些好心人"……女孩子们这样想着，慢慢也会答应过分一点的工作，乃至色情服务。

还有一些女生被虚荣心蛊惑，因为公司会在 SNS 上群发她们的工作业绩，排行高的女生会收到奖金或者免费吃大餐的机会。公司还会将聚餐的照片发给每个人，照片里大家其乐融融，激励其他女孩子更加努力工作。

个人信息可能被传播到网上

上述一系列周密的商业操作和巧妙的诱导其实都离不开手机。少女们通过手机接触这类网站、和工作人员加"好友"、和顾客以及公司取得联系，还能和一起工作的伙伴在 LINE 和 Twitter 上随时共享信息。

高薪酬、可能就此成为偶像、能获得特别津贴以及免费大餐……这些信息不断引诱着少女们，让她们解除戒备心，越陷越深。

然而，事实并不乐观。2016 年 5 月，警视厅公布的《有关 JK 服务犯罪的应对措施的报告》中提到了不少因为顾客猥亵、跟踪，公司强行留人而引发的案件。

无论哪一起都不容忽视，然而这里最值得我们注意的是"顾客会将女孩子们的信息发布到网上"这一点。少女们可能在 SNS 上和对方取得联系或者一起散步、做按摩时泄露了自己的信息。有的顾客甚至会在享受色情服务时偷偷录像。

前文提到的"在线聊天"也是一样的，只要将身体、脸暴露在镜头前，就可能被有心之人利用。然而，花季少女们并没有意识到这些。如今，各种各样的信息充斥着我们的生活，可偏偏"究竟出现了什么样的犯罪？""这背后又有着怎样的危险？"之类的消息却始终没有传递到女孩们的心里。

诚然，只要在网上搜一下，就能看到警视厅发布的公告。可这些公告写得太过书面且官方，比如"猥亵"案件，他们是这样写的：一名男性顾客在和女高中生（17 岁）散步途中，将其带入卡拉 OK 的包间，购买该女生的内衣后，逼她手淫。因为是官方公布的内容，自然不能写得太详细，可这公事公办的措辞对于当事对象的女高中生群体而言，起不到什么警醒的作用。

但与此同时，一些有冲击力且诱人的内容却牢牢锁定她们的视线。就像华绘收到的"一日 cosplay 模特"邮件一样，吸引眼球并且刺激欲望。

这些信息的背后，是精心设计的陷阱。他们先打出"特别简单""谁都可以"的标语，降低难度；给她们金钱或实物奖励，让她们降低戒备，逐渐形成"更努力一点就能获得更多"的心理。

这不是仅存在于 JK 服务行业的问题，第二章提到的社交游戏也是一样的。游戏不断刺激玩家产生这样的想法：想要变强、想交到更多的朋友、想被他人赞美、想体验更有意思的事。

然而在虚拟世界里，并没有现实中游戏厅那些"禁止未满 16 岁的未成年人 18 点以后单独进入，未满 18 岁的则延长到 22 点"的规定。缺乏社会经验和判断力的青少年拿着手机，需要面对的是真真假假、错综复杂的网络世界。

被动接收信息

越是吊人胃口、激发人好奇心的消息，越容易扩散。这也是信息化社会的一个侧面。

那么，我们是通过何种渠道接触到巨大的信息流以及不断更新的新闻的呢？2016年3月，LINE公司曾做过一项名为《不同年龄段人群获取新闻的途径》的调查，调查对象是13岁至69岁的手机用户。

结果显示，84%的人会用手机看新闻，远远超出使用"电脑"（37%）、"报纸"（29%）占的比例。而且不同年龄段的人会访问不同类型的新闻网页，比如20岁以下的年轻人多会浏览LINE等SNS，以及分类信息类网站（汇集了各种内容的综合网站）。尤其是被称作"手机原住民"的这一代人，他们只需一部手机就可以完成所有互联网上的操作，而且还越来越依赖从SNS获取信息。

在调查中，"对新闻的理解方式"这一点格外引人关注。20岁以下的人里，有25%的人选择了"与其自己找新闻看，更愿意等网站定时推送"这个选项，占四分之一。也就是说，和主动地寻找信息相比，他们更倾向于被动接受。

此外，有33%的人偏爱"简单易懂的新闻"，而只有14%的人偏爱"内容丰富、篇幅较长的新闻"。由此可见，"方便阅读且信息量不大"的新闻更受欢迎。

在我实际采访的过程中，也遇到不少十几岁的孩子表示不擅长阅读、书写长文章。Twitter有字数上限要求，他们有时只

用发表情就可以完成 LINE 上的交流。这么想来，他们不喜欢
"长且复杂的新闻"也能说得通了。

还有不少青少年认为："查资料的话，看一看分类网站
就够了""遇到不会的问题，就去'提问网站'上找个人问
问""电视上的新闻还不如朋友告诉我的可信度高"。他们往往
不考虑信息的出处是否可靠、内容是否客观，而更愿意相信朋
友说的话，认为后者的可信度更高。

要时刻保持清醒

我们在阅读时，除了关注内容，还要留意信息来源本身是
否可靠。然而随着时间的推移，人们很可能逐渐忘记后者。最
初无法接受的东西，只要看多了，也许就会产生"试一次看
看"的想法。这在心理学上被称作"睡眠者效应"。

"人气偶像推荐的产品应该好用吧""朋友都说好的东西应
该也适合我"，人们会产生诸如此类的想法，甚至采取行动。
虽然冷静思考一下就知道这并不理智。

我们还是拿先前的调查结果来分析。青少年更偏爱被动接
收信息，喜欢简单易懂的内容；认为与其自己作出判断，不如
选择相信朋友的话；一开始觉得奇怪的东西，看得多了也能慢
慢接受了。

他们原本就欠缺社会经验、判断力，会做出这些行为也不
足为奇。然而与此同时，他们又擅长传播信息，和同伴共享，
随大流。而且在一系列环节中，肩负教育职责的成年人却很难
参与进来。

国家没有出台相应法规，社会缺乏切实的教育，在这种近乎放任自由的环境里，他们才会如此沉迷于手机。

将孩子们引向"废"的道路

每天沉迷游戏不可自拔、身心俱伤的少年，只为了 100 日元的 LINE 贴纸就愿意拍裸照的小学生，认为"JK 服务"是"当今时代赚钱的新门路"的少女……

看到这些，我不禁感到深深的担忧。

我们除了要关心这些身处危险边缘的孩子，更不可忽视他们行为背后存在的社会问题，以及人们不断转变的意识。

我们不能否认手机非常便利，极易操作，是日常生活中不可或缺的一部分。短短几年间，它给我们的社会带来了巨大的变化，不仅给个人带来了方便，也成为了促进经济增长的主要途径之一。

总务省曾在 2012 年的《信息通讯白皮书》中指出，智能手机、平板电脑的普及将会带动经济的发展。终端市场的扩大，数据通讯使用量的增加，电商、在线欣赏音乐和电影、信息服务、手机广告等的发展，都推动了不同领域的消费，带来的经济效益达到每年 7.2 万亿日元。

2016 年日本的国家基本预算约为 96.7 万亿日元，其中公共事业费用约为 6 万亿日元。手机、平板带来的经济效益甚至超出了国家修桥修路、建设房屋的金额。只有手掌大小的机器，竟然有这么大的作用。

然而，在我们享受利益的同时，一些新的变化、现象也在逐渐产生，但我们却没有给到它们足够的关注。虽然现在有人提到了"成瘾"这个问题，但大多数人会觉得"只有长时间使用才会出现问题""并非所有人都会成瘾"，将其视作个别现象。

诚然，这确实与每个人的性格、生活的环境有关，但我们不能否认，有一些机制本身就存在隐患，让人逐渐沉迷其中。至少我在采访过程中，发现不论是 SNS 还是游戏，都存在让人深陷而不可自拔的"点"，而这些点构成了一条通往"废"的路。

遍布生活各个角落的手机广告，"年级 LINE"严苛的分组，为了达成绩效不得不在社交游戏里氪金，如果不欺负别人就会被欺负的恶性连锁，成年人口中"你真可爱，给你钱"的甜言蜜语……

拿起来容易，放下却很难。它激发年轻人的欲望、念想，有时甚至是不安与竞争心，不知不觉间，将他们引上歧途。

无法预料的未来

"大家都是这样做的""所有人都是这么想的"，人其实很容易妥协。就算真实想法并非如此，因为不愿意被人看到唱反调的自己、怕被人嘲笑，所以很难当众做出反驳。

有人说，在 SNS、论坛社区上常出现一种名为"沉默的螺旋"的现象。这是德国政治学家伊丽莎白·内勒-诺依曼（Elisabeth Noelle-Neumann）曾提出的理论，指的是"如果有一方的观点得到广泛支持和讨论，人们就会觉得这是大众的想法，从而不敢表达自己的观点"。

信息本身的真实性与正当性姑且不谈，"大家都喜欢""这是常识""千万别错过"，舆论导致人们相继跟风。和东西本身的价值相比，"能吸引人"这一点更能让其他人趋之若鹜。

如此看来，一年能带来7.2万亿日元经济效益的包含手机、平板电脑，乃至App在内的市场可谓影响力非凡，而每天SNS、社区论坛上不断刷新的内容更是一种有力的宣传。

小小的手机后面，是巨大的信息流、与其息息相关的群体以及这个产业创造的财富。人们在享受现代生活的同时，也要面对时刻挑刺的网友，大家不敢轻易表达不同观点，慢慢地困在了"沉默的螺旋"里。

从今往后出生的孩子，在妈妈肚子里的时候就被手机记录着成长轨迹。不论是电子母子手册还是"孕期App"，哪怕哺乳和基本礼仪教育都有App在一旁辅助。而20年以后，等他们长大成人时，手机又会给他们带去多少便利？到时候会不会出现更多如今的我们根本无法预料的事情？我对此深表忧虑。

历史曾多少次证明，当人们一味屈服于大多数人的声音，无视少数理智、冷静的观点时，未来迎接他们的或许就是一场悲剧。

我们无法改变已成定局的过往，但现在与将来还掌握在我们手中。所以，我们应该认真思考如何面对手机这一文明利器的问题。

尾　声

去年秋天，在我为写这本书跑去各地做采访时，无意间看到了一个绘本，叫《想要成为妈妈的手机》（Nobumi 著，WAVE 出版）。

绘本以新加坡小学生写的作文为原型，讲述了男主人公希望"每天只顾着看手机的母亲"可以多看一看自己的故事。我从书中看到了小男孩"如果变成手机了，妈妈就能多看我几眼"的悲伤心愿，也觉得如今越来越多的日本青少年正在面临同样的问题。

事实上，随着采访的愈渐深入，我发现很多人都存在"不要总是关注手机，多看看我吧"的心理。这不仅限于小孩子，中学生、高中生甚至成年人也是如此。

深陷在社交游戏里、连续多少小时刷 SNS 的他们其实从另一个角度来看，非常寂寞、孤单。现实生活里，他们或许没表现出什么"明确的异常状况"，但就好像失去了方向一样，为了打发时间，将自己封闭在手机的世界里。

诚如大家所见，手机确实给我们的生活带来了极大的方便。但即便如此，还是有小孩子哭喊着"希望能变成妈妈的手机"，那是不是说明人们愈发觉得现实世界非常寂寞呢？

怀揣着这样的想法，拿起小小的手机，又是否能觉察出，也许有什么东西、那些应当更值得我们珍视的东西，渐渐远去了呢？

由于我的采访多和手机、网络有关，所以经常接触十多岁的孩子们。他们在和我聊天时，也会时不时瞟一眼手机，每当信息提示音响起，就会迅速拿起来回复。这种状态十分自然，几乎可以说是条件反射。我问他们："每天玩几个小时手机？"他们回答："不知道，没注意过。"我又说："如果每天3个小时，一年下来就有45天。"听到我的话，孩子们非常惊讶。

我告诉他们，如果每天玩3个小时，一年下来就相当于有45天不停地对着手机。他们不由睁大了眼睛——原来"每年我花在手机上的时间竟然比暑假还长"。可见这一事实很少被人察觉到。

同样的，我希望养育孩子的父母们也能注意到这一点。对于婴幼儿来说，这些时间大概可以让他们学会在睡觉时翻身，长出牙齿，蹒跚学步。对于小学生来说，大概可以学会汉字、背诵九九口诀表、在单杠上翻跟头。每天3小时，等于一年45天，孩子们该会有怎样的成长？

如果我们一味将宝贵的时间花费在手机上，也许会有越来越多的孩子祈求家长多看自己几眼。等他们以后长大了，又会建构出怎样的社会、职场与家庭呢？

我不想太过悲观，但至少在心里绷紧了一根弦。然而即便知道现在为时不晚，但随着科技的发展，还会有层出不穷的新事物，我们又不得不产生新的担忧。

石川结贵

2017 年 3 月

图字：09-2021-608 号

图书在版编目(CIP)数据

手机废人/(日)石川结贵著；王雯婷译. 一上海：
上海译文出版社，2022.9(2024.7重印)
(译文纪实)
　ISBN 978-7-5327-9000-5

Ⅰ.①手… Ⅱ.①石… ②王… Ⅲ.①纪实文学-日
本-现代 Ⅳ.①I313.55

中国版本图书馆 CIP 数据核字(2022)第 133568 号

手机废人

[日] 石川结贵/著　　王雯婷/译　李昊/校译
责任编辑/张吉人　薛倩　　装帧设计/邵旻　观止堂_未氓

上海译文出版社有限公司出版、发行
网址：www.yiwen.com.cn
201101　上海市闵行区号景路 159 弄 B 座
启东市人民印刷有限公司印刷

开本 890×1240　1/32　印张 5　插页 2　字数 75,000
2022 年 10 月第 1 版　2024 年 7 月第 4 次印刷
印数：16,001—20,000 册

ISBN 978-7-5327-9000-5/I·5592
定价：38.00 元